LA PLUS DOUCE DES SÉDUCTIONS

Les frères Kelly, Tome 1

par

Crista McHugh

The Sweetest Seduction
Copyright 2014 by Crista McHugh
Edited by Gwen Hayes
Copyedited by Elizabeth MS Flynn
Cover Art by Sweet N' Spicy Designs

La plus douce de séduction
Translated by Déborah Ilhe

ISBN-13: 978-1-940559-59-9

CHAPITRE UN

« La prochaine fois, tu pourrais me demander la permission avant de mettre mes services aux enchères ? », le discours de Lisa tourna court lorsqu'un cerf se précipita vers elle, la forçant à appuyer sur la pédale de frein.

« Bien sûr ma chérie », poursuivit sa mère en continuant de tricoter tranquillement sur le siège passager. « Je n'arrive toujours pas à me remettre de l'enchère de Maureen. Elle est tellement généreuse. Mais en même temps, n'importe quelle femme qui fait monter les prix pour sept beaux garçons ne peut qu'avoir un cœur généreux. »

Lisa leva les yeux et mit à l'épreuve la pédale de l'accélérateur. La véritable raison pour laquelle sa mère avait insisté pour qu'elle cuisine un repas pour Mme Kelly et sa famille apparaissait enfin clairement. La probabilité était de dix contre un pour que les fils Kelly soient des petits amis potentiels. « Ce n'est pas un de tes plans pour me caser, n'est-ce pas ? »

« Mon Dieu non ». Une maille à l'endroit, une maille à

l'envers. « Tu es une femme magnifique qui peut tout à fait se trouver quelqu'un toute seule. » Même si les mots semblaient encourageants, le ton de sa voix disait : « *Alors pourquoi je ne suis pas déjà grand-mère ?* »

« M'man, on en a déjà parlé. Pour le moment, ma priorité numéro un c'est que le restaurant décolle. Je n'ai pas le temps de sortir avec des mecs. »

« Mais maintenant qu'il y a une liste d'attente d'un mois, tu peux te concentrer sur autre chose. »

Lia serra les dents, et cela n'avait rien à voir avec la bosse cachée sur la route qui secoua sa petite berline à 4 portes. « Non, ça veut dire que je dois travailler encore plus dur pour que les gens reviennent. »

« C'est ce que tu dis. » Sa mère leva son tricot à la lumière, et après avoir examiné les points elle se lança dans la dernière rangée en poussant un gros soupir. « Je veux juste que tu sois heureuse. »

« Je suis heureuse. » Cela faisait un an et demi que la La Arietta était à la fois son maître et sa maîtresse, dévorant le moindre aspect de sa vie. Mais ses efforts avaient été payants. Il s'agissait désormais du restaurant le plus tendance du Magnificent Mile et il affichait complet midi et soir, tous les jours. Ses compétences en cuisine lui avaient valu d'apparaître sur la couverture du numéro de *Food and Wine* du mois précédent et d'être citée comme étant un des nouveaux chefs les plus incontournables en Amérique. Pour elle, sa vie professionnelle était un rêve devenu réalité.

D'un autre côté, sa vie personnelle… eh bien elle était inexistante et elle doutait qu'un des fils bien propres sur eux de Mme Kelly auraient ce qu'il fallait pour la tenter suffisamment et l'éloigner de sa passion.

Elle prit un autre virage, qui se solda par encore plus d'arbres. Les instructions de sa mère étaient vagues, elle lui avait simplement dit d'aller vers le lac Léman, puis de tourner à droite. « C'est encore loin m'man ? »

« Un peu plus loin sur la route. » Les aiguilles à tricoter reprirent leur cliquetis régulier. « La maison de Maureen au bord du lac est tellement pittoresque et intime - l'endroit parfait pour un dîner en famille. Et justement elle a appelé ce matin pour dire combien ça lui faisait plaisir que tu acceptes de venir jusque-là. »

Le cauchemar lié au fait d'essayer de cuisiner un repas entrée, plat, fromages, dessert dans une cabane rustique s'insinua dans l'esprit de Lia. Elle s'agrippa au volant en se demandant pourquoi elle avait accepté tout cela.

Les arbres s'écartèrent enfin pour révéler une habitation artisanale qui ressemblait à une création de Frank Lloyd Wright. Lia resta bouche bée. « Pittoresque et intime ? »

« Oui ma chérie. Tu devrais voir sa maison de Highland Park. »

Donc Mme Maureen Kelly avait de l'argent. Beaucoup d'argent. Et Lia ne pouvait qu'imaginer combien elle devait avoir enchéri au cours de la vente aux enchères caritative. Et cela soulevait une question : comment sa mère, fermement attachée à la classe moyenne, pouvait-elle connaître cette femme. « Tu dis que Mme Kelly va à l'église avec toi ? »

Sa mère acquiesça et rangea son tricot. « Elle fait aussi partie de mon club de bridge. »

Lia fronça les sourcils tout en garant la voiture en haut de l'allée sinueuse. Elle ne savait pas que sa mère jouait au bridge. Quels autres secrets cachait-elle ?

« Bonjour, Emilia », dit une grande femme blonde depuis l'embrasure de la porte. « Je suis tellement heureuse que vous ayez pu venir aujourd'hui, ta fille et toi. »

Une masse hirsute de fourrure blanche passa devant la femme. Lia eut à peine le temps de s'accrocher à la portière avant que la boule de poils ne bondisse sur elle, projetant son dos sur la voiture. Quelques reniflements bruyants résonnèrent à son oreille et un chien vint couvrir son visage de baisers humides.

« Jasper, vilain chien. Reviens ici. »

Jasper lécha une dernière fois la joue de Lia avant d'obéir à sa maîtresse et de retourner vers le perron. Elle essuya la bave qu'il avait laissée sur sa peau. Lorsqu'elle se plaignait du fait qu'aucun mâle n'avait fait battre son cœur et ne l'avait embrassée depuis plus de quatre ans, ce n'était pas à cela qu'elle pensait. « Il est toujours aussi amical avec les étrangers ? »

Pour sa défense, Mme Kelly semblait vraiment confuse pour le comportement de son chien. « Non. D'habitude il est vraiment bien élevé. »

« Ça doit juste être moi alors. » Lisa tendit la main vers sa boîte à gants et récupéra la bouteille de désinfectant pour les mains qu'elle gardait pour les arrêts inévitables sur les aires de repos des autoroutes. Il était à la pêche, son parfum préféré, et il était assorti au gel et à la lotion qu'elle utilisait tous les matins. Une fois qu'elle eut frictionné tous les endroits où Jasper l'avait léchée, elle tenta une deuxième de fois de sortir de la voiture pour rejoindre son hôtesse.

Maureen Kelly paraissait être une de ces femmes pour qui le temps s'était arrêté - probablement grâce au botox. Elle devait avoir le même âge que la mère de Lia, mais seules ses mains donnaient un indice sur son âge réel. Tout le reste semblait appartenir à un mannequin dans la quarantaine sortant tout droit du dernier numéro du catalogue de Timberland. Elle sourit chaleureusement tout en tenant Jasper par son collier. « C'est un vrai plaisir de faire enfin ta connaissance, Lia. Ta mère n'arrête pas de dire combien elle est fière de toi. »

Lia expira, arrêtant de retenir sa respiration. Jusqu'ici, Maureen Kelly ne semblait pas être une personne snob malgré sa richesse évidente. «Ravie de vous rencontrer également. »

« Ça me fait très plaisir que vous ayez fait le chemin jusqu'ici pour le dîner. Mon fils est à la maison pour une semaine avant son départ pour l'Afghanistan et je voulais vraiment faire quelque chose de spécial pour lui. »

D'un seul coup, le ressentiment qu'elle ressentait après avoir dû conduire pendant deux heures vers le nord de Chicago disparut. « Aucun souci », répondit-elle en tendant la main vers la glacière de 75 litres qui se trouvait dans son coffre.

« Oh, ne prenez pas cette peine. Laissez mon fils s'en occuper. » Maureen se retourna, tenant toujours fermement le collier de Jasper, et elle cria en direction de la maison : « Caleb, tu veux bien être un amour et aider les amies de ta mère ? ».

Un instant plus tard, un homme apparut sous le porche. Il mesurait une tête de plus que Maureen et ses cheveux bruns étaient coupés courts comme ceux des militaires. Il déposa un baiser sur la joue de sa mère avant de descendre les marches en trottinant pour se diriger vers la voiture de Lia. La lumière du soleil de l'après-midi scintilla dans ses yeux bleus au moment où il lui fit un clin d'œil en prenant la glacière. « Laisse-moi prendre ça pour toi. »

OK, peut-être que maman manigance quelque chose à propos des fils Kelly, décida Lia après avoir observé les muscles qui se dessinaient sous le T-shirt de Caleb. Si les autres étaient comme lui, ils valaient un dix pour le plaisir des yeux. Mais elle n'était pas là pour se rincer l'œil. Le dîner ne se ferait pas tout seul. Elle prit les sacs qui restaient dans le coffre, puis elle suivit Caleb dans la maison.

« J'aurais aimé que tous mes garçons soient à la maison pour le dîner », dit Maureen derrière elle, « mais ils sont tous grands maintenant et ils vivent tous leurs vies. »

« Oui, oui, maman, on est tous des fils horribles parce qu'on est parti de la maison et qu'on ne t'a pas encore donné de petits-enfants pour nous remplacer », répondit Caleb depuis la cuisine.

Lia se retint de glousser. Apparemment sa mère n'était pas la seule à laisser entendre que ses enfants devaient fonder un foyer et commencer à se reproduire. Elle partagea un sourire complice avec Caleb lorsque celui-ci lui jeta un regard par-dessus son épaule.

Toutes ses peurs de devoir préparer un dîner sur un réchaud s'évanouirent lorsqu'elle entra dans la cuisine. La lumière du soleil inondait la pièce via la baie vitrée qui surplombait le lac Léman. Des plans de travail en granit et des dosserets en pierre préservaient l'atmosphère naturelle de la maison du lac, créant un équilibre avec les appareils en acier inoxydable. « C'est une cuisine magnifique, Mme Kelly. »

« S'il te plaît, appelle-moi Maureen. » Elle entra dans la cuisine, sans Jasper. « J'espère qu'on a tout ce dont tu as besoin. »

Et encore plus. Il s'agissait vraiment d'une cuisine de chef, une cuisine qu'elle avait hâte de tester. « Elle est parfaite. »

« Alors on va te laisser commencer. » Elle fit sortir son fils de la cuisine, laissant Lia seule pour vider la glacière.

****

Adam Kelly tapotait sur son volant en attendant que Bates réponde à son téléphone. Dès qu'il entendit le clic, il demanda : « Des nouvelles du contrat Schlittler ? »

« On est dimanche, monsieur Kelly », répondit Bates avec son accent britannique toujours extrêmement poli. « Il se passe peu de choses le week-end dans le monde des affaires. »

« Pour moi si. » Sa Volvo C70 heurta un nid-de-poule, s'attirant une série de malédictions marmonnées sur le fait que sa mère aurait dû régler le problème des années auparavant. « J'ai des investisseurs qui attendent des nouvelles et je veux boucler ça le plus vite possible. »

« J'ai vérifié deux fois vos propriétés dans le centre-ville. Vous avez un bail qui expire dans quelques mois en haut de votre immeuble de l'avenue Michigan, mais — »

« Parfait. » Le site du Magnificent Mile devrait offrir à Amadeus Schlittler l'exposition qu'il voulait. « On enverra le préavis au locataire demain matin. » La voiture heurta de nouveau un nid-de-poule et il lâcha une autre série de jurons.

« En route vers la maison du lac de votre mère, M. Kelly ? », demanda Bates, même s'il savait pertinemment quelle était la réponse.

« Oui. Elle est là-bas avec Caleb et elle m'a eu en me

faisant culpabiliser pour que je vienne ce soir pour un dîner spécial qu'elle a remporté pendant une vente aux enchères caritative. »

« Votre mère a toujours été une telle philanthrope. » Et fort heureusement, ses dons aidaient à réduire les charges fiscales annuelles de la société. « Dans ce cas, je vous laisse profiter de sa compagnie. » Bates raccrocha avant qu'Adam ne puisse lui demander autre chose.

Il s'arrêta devant la maison de ses parents située au bord du lac, puis il vérifia une fois de plus ses e-mails en espérant voir un message du chef autrichien encensé par la critique disant que celui-ci acceptait sa proposition pour un restaurant à Chicago. Jusqu'à ce qu'il reçoive la confirmation de la signature du contrat, il goberait du Maalox comme des M&M's. Malheureusement, il avait perdu sa couverture 3G environ 30 kilomètres plus tôt. Il jeta son téléphone sur le siège passager et sortit de la voiture. Le dîner ne serait jamais assez rapide à son goût.

Un aboiement grave l'accueillit sur perron. Jasper, le berger des Pyrénées de sa mère, leva la tête et remua la queue en signe de bienvenue. Adam s'arrêta pour ébouriffer la fourrure épaisse du chien. « Tu évites les problèmes, mon pote ? »

Jasper aboya en réponse et sauta sur ses pattes, se précipitant vers la porte dès qu'Adam eut ouvert cette dernière. Il essaya d'attraper le chien, mais ses doigts saisirent à peine le collier avant que Jasper ne se libère d'un coup sec. Il partit directement vers la cuisine, ses pattes glissant sous lui au moment où il tourna. Adam courut après lui. Un bruit métallique se fit entendre dans la cuisine, suivi par un cri aigu.

Il courut trois fois plus vite, ses poumons se serrant et sa mâchoire se crispant. *Ce satané chien va tuer quelqu'un un jour.* Il s'arrêta net en entrant dans la cuisine, sa peur laissant place à un éclat de rire.

Jasper se tenait sur ses pattes arrière, ses pattes avant sur les épaules d'une petite femme qui était plaquée contre l'ilot central, et sa langue léchant cette dernière aussi vite que sa queue remuait.

Elle essayait de repousser le chien de plus de quarante-cinq kilos. « Ça suffit, Jasper ».

Il réussit à glisser son bras entre eux deux. « Désolé pour ça. Je — », sa voix se brisa lorsqu'il entraperçut le visage de la femme.

Des yeux aussi verts ne pouvaient pas être naturels.

« Pas de problème », dit-elle en riant. « Apparemment Jasper a l'air de m'apprécier un peu trop. »

Adam ne pouvait pas lui en vouloir. Elle avait des lèvres à rendre Angelina Jolie jalouse. Ces dernières s'entrouvrirent, et l'hilarité bon enfant de son sourire se transforma en une invitation voluptueuse qu'il aurait été fou de refuser. Il se pencha plus près.

Ce fut le moment que Jasper choisit pour bondir. Ses pattes entrèrent en contact avec le dos d'Adam, et tout le poids de l'animal poussa celui-ci contre la jeune femme. Il attrapa le plan de travail pour la protéger, mais le léger « Oh ! » qui sortit de la poitrine de cette dernière lui indiqua qu'il n'avait pas aussi bien réussi qu'il l'avait espéré. « Désolé encore une fois. »

« Non, ça va. Je — », maintenant c'était elle qui ne trouvait plus ses mots. Son corps s'immobilisa sous le sien. Les pupilles sombres de ses yeux s'agrandirent, intensifiant la couleur verte de l'anneau qui les entourait.

Le souffle chaud et haletant de Jasper baignait sa nuque, mais Adam s'en moquait. Pour le moment, son attention était fixée sur l'étrangère qui se trouvait dans la cuisine de sa mère. Ses courbes douces étaient plaquées contre son corps, envoyant tout son sang vers sa queue. Cela faisait des mois qu'il n'avait pas ressenti un tel désir, et aucune femme ne l'avait excité aussi vite que cette demoiselle en détresse. S'ils avaient été seuls chez lui, il l'aurait attrapée tout de suite pour l'emmener dans sa chambre où il aurait pu savourer chaque centimètre de son corps voluptueux en toute intimité.

Au lieu de cela, il était dans la maison du lac de sa mère en train de se faire tremper par le chien baveux de sa mère pendant que sa famille observait cette situation embarrassante depuis l'entrée de la cuisine.

« Jasper, vilain garçon », dit sa mère sur le même ton que celui qu'elle utilisait avec Adam et ses frères lorsqu'ils étaient enfants. Cela eut le même effet sur le chien que cela en eut sur lui, et ils reculèrent tous les deux.

Adam saisit le collier de Jasper avant que celui-ci ne puisse de nouveau s'élancer sur la pauvre jeune femme. « Maintenant je sais pourquoi tu étais sur le perron », dit-il au chien.

« Combien de fois je t'ai dit de ne pas sauter sur les gens ? », réprimanda sa mère, sa colère s'évanouissant à chaque mouvement de son doigt. Bien entendu, Adam était celui qui avait été un peu trop désireux et impatient de sauter sur l'invitée de sa mère quelques secondes plus tôt. Peut-être que le chien avait eu une bonne idée après tout. « Adam, s'il te plaît, emmène-le dehors avant qu'il n'embête encore plus la pauvre Lia. »

Lia. C'était donc le nom de la jeune femme. Celle-ci se redressa, ses mains tremblant légèrement alors qu'elle remettait de l'ordre dans les boucles brunes aux reflets dorés qui étaient tombées sur son visage pendant son « supplice ». Ses joues devinrent encore plus rouges. « Je vais bien, Mme Kelly. J'ai été plus surprise qu'autre chose. »

Elle le regarda de nouveau et la chaleur dans son regard confirma ce qu'il pensait, elle avait été aussi troublée que lui par leur contact rapproché. Puis elle se retourna et elle commença à nettoyer les légumes émincés éparpillés sur l'ilot.

« Viens, espèce de chien de salon attardé. » Il dut tirer plusieurs fois sur le collier de Jasper pour que celui-ci obéisse et qu'il sorte de la cuisine, la queue entre les jambes.

Après avoir laissé le chien dehors sans problème, deux de ses frères cadets lui tendirent une embuscade dans le couloir. « Pas mal, hein ? », demanda Dan.

« Ouais, maman a peut-être vraiment tiré le jackpot cette fois », ajouta Caleb.

Adam les bouscula pour passer. « De quoi vous parlez tous les deux ? »

« Comme si ce n'était pas évident ». Les paroles de Caleb étaient ponctuées de rires. « Désolé Adam, mais je ne pense pas que Lia soit au menu. »

« Bon, soyons honnêtes. » Dan croisa les bras pour tenter d'avoir l'air sérieux, mais la lueur dans ses yeux exprimait tout le contraire. « Je ne pense pas qu'Adam ait la moindre chance avec Jasper prêt à sauter sur Lia dès qu'il s'approche d'elle. »

« C'est vrai. Adam a un peu perdu la main avec les

11

femmes. »

« Voyons ce que le dé magique a à dire. Tu as au moins besoin d'un sept pour rivaliser avec Jasper. » Dan sortit l'objet à vingt faces du plastique rouge qu'il gardait dans sa poche depuis qu'ils étaient enfants, et il le fit rouler sur le sol. « Aïe. Un cinq. Il y a peu d'espoir que tu sois chanceux ce soir. »

« Ouais, ouais les mecs. Foutez-vous de moi. » Il jeta un œil dans le salon dans lequel sa mère était en train de discuter avec une autre femme ayant les mêmes lèvres charnues que celle qui se trouvait dans la cuisine. « Laissez-moi deviner - Lia est la fille d'une des amies de maman. »

« Bingo ! », répondit Caleb. « J'ai du mal à comprendre comment elles ont fait pour manigancer tout ça. Maman l'a gagnée à une enchère, en quelque sorte. »

« Et bien sûr, quel meilleur moyen pour qu'un de nous la voie comme une femme potentielle que de faire en sorte qu'elle nous impressionne par ses talents culinaires ? », ajouta Dan.

Adam se frotta la nuque. En tant qu'aîné, il avait eu sa part de complots de sa mère pour le caser. Il montra la cuisine d'un geste du pouce. « Est-ce qu'elle est dans le coup ? »

« Non. » Caleb arbora un large sourire. « En fait, j'ai eu la nette impression qu'elle était dans le même bateau que nous. »

Au moins il n'aurait pas à s'inquiéter du fait que Lia soit une débutante croqueuse de diamants lorgnant sur la fortune de la famille Kelly. Non pas que toutes celles avec lesquelles sa mère avait essayé de le caser étaient ce genre de femmes, mais elles rêvaient toutes d'être amenées jusqu'à l'autel. Est-ce que Lia était différente ?

« Qu'est-ce que vous pensez d'elle ? » Il regarda attentivement ses frères afin de déceler toute lueur d'intérêt. Il y avait une règle tacite entre les fils Kelly qui disait qu'aucun d'eux ne tenterait quoi que ce soit avec une fille si un de ses frères s'intéressait à celle-ci.

Dan haussa les épaules. « Elle est pas mal, mais je suis trop occupé à essayer de survivre à mon internat pour sortir avec qui que ce soit, surtout quand il y a tellement d'infirmières sexy aux urgences avec qui je peux me faire plaisir. »

« Caleb ? »

« Pas moyen. Tu as vu Kourtney ? » Il tendit son téléphone pour montrer une photo d'une femme aux cheveux blonds décolorés et à la poitrine si généreuse qu'Adam se demanda comment elle pouvait marcher en se tenant droite.

Dan fronça les sourcils en examinant les attributs avantageux de la jeune femme. « Ce sont des faux. »

« Et alors, on s'en fout. » Caleb referma le téléphone et le glissa dans sa poche. « Je suis tout simplement ravi qu'elle ait accepté de déménager dans l'Utah avec moi. »

Pour la toute première fois, Adam décela une note de nostalgie dans la voix de son frère. « Tu es sérieux à propos de celle-là ? »

« C'est possible. »

« Maman l'a rencontrée ? »

Le bout des oreilles de Caleb devint rouge et il évita le regard d'Adam. « Heu, ouais. »

Dan se pencha et murmura : « Ça ne s'est pas très bien passé. »

Adam en eut le souffle coupé. En vieillissant, il avait toujours su ce qui se passait dans la vie de ses frères. Pourquoi est-ce qu'il n'était pas au courant de cela ? « Ça s'est passé quand ? »

« Il y a quelques mois, quand maman est revenue de Floride. » Caleb glissa ses doigts dans ses cheveux courts. « Kourtney a essayé de l'impressionner, mais maman lui a donné du fil à retordre. »

En se basant sur la photo que Caleb lui avait montrée, il ne pouvait qu'imaginer l'échange entre sa mère de la haute société et la femme qui avait l'air d'avoir décroché le premier rôle dans un film pour adultes. « Si tu veux que j'essaye de calmer les choses - »

Caleb l'interrompit en levant sa main. « Ne t'inquiète pas pour ça, Adam. Je m'en suis occupé. Tu as assez à faire avec l'entreprise. »

L'entreprise dont aucun de ses frères ne voulait s'occuper de près ni de loin. Leur père avait fait fortune dans l'immobilier à Chicago, mais seul Adam avait montré de l'intérêt pour prendre sa suite au moment de son décès six ans plus tôt. Ses autres frères avaient suivi leurs propres voies, le laissant seul avec tout le fardeau sur les épaules. C'était ce qu'on attendait de lui, et il n'était jamais simple de se débarrasser du rôle du grand frère. « Mais si tu as besoin d'aide ou de conseils, tu sais que je suis là. »

« Merci, frangin. » Caleb frappa son poing contre celui d'Adam et lui donna une semi-accolade. « Mais juste pour info, je ne prévois pas de demande en mariage ou quoi que ce soit de ce genre avec Kourtney tant que je ne serai pas revenu de Begram. J'ai besoin de garder la tête claire, et pas de répondre à des e-mails à propos d'un fichu mariage. »

14

« C'est une bonne idée. » Adam lui mit une tape sur le dos, puis il suivit ses frères dans la salle à manger qui donnait sur le lac.

Lia était en train de poser un plat au centre de la table. « Oh, parfait timing. J'étais justement sur le point d'appeler tout le monde pour le premier plat. »

Une bouffée de chaleur inconfortable le submergea tandis qu'elle faisait le tour de la table pour arranger cette dernière. En regardant ses hanches se balancer doucement, ses doigts le démangèrent, il avait envie de caresser ses courbes, de saisir ses petites fesses fermes et de la presser de nouveau contre lui.

« Tu ne te joins pas à nous, Lia ? » La mère d'Adam entra derrière lui et s'assit de manière à présider la table. Ce ne fut qu'à ce moment-là qu'il remarqua que le couvert avait été mis pour cinq personnes, et non pour six.

Lia s'arrêta un instant à la porte menant vers la cuisine. « Désolée Mme Kelly, mais je dois continuer à cuisiner si je veux servir chaque plat au bon moment. »

« Ne t'inquiète pas, Maureen », dit la mère de Lia en s'asseyant en face de la mère d'Adam. « Je vais m'assurer qu'elle prenne une pause et qu'elle vienne un peu à table. »

Néanmoins, pour sa part Adam accueillit avec soulagement le fait que Lia passerait la majeure partie de la soirée dans la cuisine. Il aurait été totalement incapable d'avaler quoi que ce soit s'il avait eu une érection pendant tout le repas.

Il prit une chaise près de sa mère et il inspecta le plat rectangulaire que Lia avait placé au centre de la table. Des rangées de *bruschetta*, d'olives, de fines tranches de viande et d'autres amuse-gueules italiens remplissaient celui-ci de part en part. Il le tendit à sa mère pour qu'elle puisse choisir ce qu'elle voulait avant d'en poser quelques-uns dans son assiette.

« C'est quoi ces trucs frits ? », demanda Dan au moment où le plat arriva jusqu'à lui.

« Des fleurs de courge », répondit la mère de Lia. « C'est un *antipasto* populaire en Italie. »

Des images de dîners lourds surchargés de pâtes surgirent dans l'esprit d'Adam, mais la première bouchée de bruschetta le prit au dépourvu. Le goût était frais et aillé, avec une forte note épicée sur la fin. Ce n'était définitivement pas la nourriture italienne ennuyeuse qu'il avait pu goûter dans le passé.

« Tu aimes, Adam ? », demanda sa mère en arborant un large sourire. « Lia est une des meilleurs chefs de Chicago. »

Même s'il s'agissait d'une autre de ses manigances évidentes pour lui présenter une « *gentille fille* », peut-être que le repas en lui-même serait agréable. Il tendit la main pour prendre un deuxième morceau de *bruschetta* avant que ses frères ne prennent tout. « Très bon. »

En goûtant chaque préparation présente sur le plat, il se rendit compte que Lia avait choisi des plats italiens traditionnels auxquels elle avait ajouté sa touche personnelle. Le melon enveloppé de *prosciutto* cachait un bâtonnet de concombre et les olives avaient été marinées dans une huile infusée aux agrumes. « C'est merveilleux. Dans quel restaurant est-ce qu'elle travaille ? »

« La La Arietta », répondit sa mère.

Ce nom lui semblait familier. Peut-être qu'un de ses amis lui en avait parlé dans le passé, mais ce restaurant allait définitivement faire partie de sa liste des endroits à essayer pour impressionner un client.

Avant même qu'il ne s'en aperçoive, le plat était vide et il se mit à saliver et à avoir envie d'en manger davantage. Il s'agissait de l'excuse parfaite pour aller dans la cuisine et en apprendre plus sur la chef. Il saisit le plat et il se leva. « Je vais voir s'il lui en reste. »

Mais à la seconde où il posa les yeux sur elle, il perdit toute contenance. La frustration parcourut sa colonne. Il était sorti avec des mannequins, il avait eu des rendez-vous avec des politiciens, il faisait du relationnel avec l'élite de Chicago depuis des années, et personne n'avait entamé son assurance. Et pourtant il se retrouvait en train de chercher désespérément un moyen de dire à Lia qu'il avait aimé sa cuisine.

Elle lui tournait le dos et elle remuait quelque chose dans une casserole, ses hanches se balançant comme si elle était en train de danser et non de cuisiner. Elle avait tiré ses cheveux en arrière pour les attacher en queue de cheval, mais quelques boucles rebelles avaient réussi à se libérer sur sa nuque. La chemise boutonnée qu'elle portait plus tôt était nouée autour de sa taille, le débardeur qui se trouvait en dessous lui offrant une meilleure vue sur sa peau lisse et hâlée. Elle fredonnait en travaillant, et chaque mouvement de sa cuillère libérait dans l'air des arômes d'ail et de fines herbes.

Elle se détourna de la cuisinière et elle s'immobilisa en le voyant. « Il y a un souci ? »

Le plat se fit lourd dans ses mains, lui rappelant la raison pour laquelle il était venu à l'origine. « Je me demandais s'il t'en restait. »

Elle fit un large sourire et elle amena la casserole vers

l'ilot central. « Si tu te remplis le ventre d'*antipasti*, tu n'auras plus de place pour la *prima*. »

Quelque part au fond de son esprit, il se rappela qu'en Italie la *prima* était synonyme de pâtes. Mais le plat qu'elle était en train de préparer ressemblait à du riz. Il se rapprocha pour l'inspecter. « Et c'est ça ? »

Elle acquiesça. « *Orzo con verdure estive arrosto.* »

« Et en français ? »

« Des *orzo* avec des légumes d'été grillés. » Elle plaça une petite colline d'*orzo* avec des morceaux de courges d'été, de courgettes, de cœurs d'artichaut, d'asperges, de tomates et de champignons sur chaque assiette avant de lui en tendre une cuillérée. « Ça ne te dérange pas de goûter ? »

« Tant qu'il n'y a pas de crevettes dedans. »

« Maman m'a dit que certains d'entre vous n'étaient pas des grands fans de crevettes. Ne t'inquiète pas - c'est végétarien à 100%. »

Une harmonie de saveurs dansa sur son palais lorsqu'il goûta. Le basilic éclatant, le parmesan riche, les zestes de citron et la douceur de l'huile d'olive s'équilibraient les uns les autres et lui donnaient envie de prendre la cuillère et de racler le fond de la casserole. Elle le regardait avec impatience, et son sourire rempli d'assurance l'invitait à goûter plus que sa cuisine. Il fit un pas en arrière avant de perdre le contrôle de lui-même. « C'est très bon. »

« Je sais. » Elle mit la casserole dans l'évier et elle versa un filet d'huile d'olive sur chaque assiette d'*orzo*. « C'est un de mes plats les plus populaires. »

Il observa la manière dont elle essuyait les bords des assiettes pour les nettoyer avant de décorer les pâtes avec quelques copeaux de parmesan et un brin de basilic. « Est-ce que tu as suivi une formation culinaire spéciale ? »

« J'ai passé trois ans en Italie, au début j'ai appris avec mes tantes et ensuite j'ai enfin trouvé le courage de m'inscrire à des cours plus formels là-bas. »

« Et c'est ce que tu as toujours voulu faire ? »

« Non, pas depuis toujours, mais après avoir découvert ma passion, je n'ai plus jamais pu m'arrêter. » Elle leva les yeux de sa préparation et son sourire s'élargit. « Est-ce que tu as déjà eu cette impression d'être totalement pris par quelque chose par surprise et de ne t'en rendre absolument pas compte avant d'être totalement consumé ? »

Avant ce jour, il aurait pu dire que son travail le consumait, mais celui-ci ne captivait pas son attention et ne lui coupait pas le souffle comme le faisait Lia. Son pouls s'accéléra, non pas à cause du stress, mais à cause de l'excitation due à l'anticipation qu'elle provoquait en parlant de sa passion. S'il pouvait au moins être l'objet d'un dixième de cette dernière...

Elle réduisait l'espace entre eux comme s'ils étaient les deux pôles d'un aimant, une force trop forte pour qu'il puisse y résister. « Je pense que je pourrais avoir une idée de ce dont tu parles. »

Elle se lécha les lèvres dans un mouvement de séduction qu'il avait vu pratiqué en sa présence par des dizaines de femmes, mais dans le cas de Lia cela semblait inconscient. « Oh ? »

Mon Dieu aidez-moi, est-ce qu'elle a la moindre idée de ce qu'elle est en train de faire ? À présent, il était suffisamment près d'elle pour sentir la légère odeur de pêche qui émanait de sa peau. Sa queue palpita. Il n'avait pas été aussi excité par une fille depuis le lycée. Il plongea ses ongles dans les paumes de ses mains pour s'empêcher d'agir comme un homme de Neandertal et de l'embrasser sur le champ.

Un grand éclat de rire retentit dans la salle à manger comme si ses frères pouvaient voir sa situation délicate à travers la porte en bois. Son désir s'éteignit et il fit un pas en arrière, douloureusement conscient de la mimique perdue qu'elle fit en le regardant. « Laisse-moi t'aider à apporter le prochain plat là-bas. »

Elle cligna plusieurs fois des yeux avant de murmurer un « *Merci* » d'une voix étranglée et de saisir trois des assiettes.

Il prit les deux autres et il la suivit dans la salle à manger, puis il en posa une devant sa mère avant de placer l'autre devant sa propre chaise. Ses pensées étaient confuses, comme s'il avait trop bu alors qu'il n'avait même pas touché une goutte d'alcool. La sueur picotait l'arrière de son cou. Tant que Lia était dans la cuisine, il ne devait pas y aller.

« Ça va, Adam ? », demanda Dan de l'autre côté de la table, un sourcil levé.

« Ouais », répondit-il en secouant sa serviette et en la plaçant sur sa cuisse. « Ça va super bien. »

Chapitre Deux

Lia appuya ses paumes sur ses joues pour refroidir ces dernières. Mais qu'est-ce qui venait juste de se passer ? À un instant Adam semblait se rapprocher d'elle, et - BAM ! - il reculait d'un coup comme s'il venait d'apprendre qu'elle avait la peste.

Elle sortit du frigo les filets de poulet qu'elle avait préparés et elle les frappa avec un maillet. Peu importe si elle les avait déjà aplatis pour qu'ils aient l'épaisseur de 2,5 cm dont elle avait besoin pour sa recette - cela lui faisait simplement du bien de frapper sur quelque chose.

Sa réaction face à lui était encore plus frustrante. Normalement, elle aurait considéré le fait qu'un homme se rapproche aussi près d'elle comme une invasion de son espace personnel. Mais au lieu de cela, elle avait dû lutter contre le désir d'envelopper ses bras autour de son cou et de tourner ses lèvres vers les siennes.

« C'est juste parce qu'il est beau et que je suis célibataire depuis plus longtemps que je ne suis prête à l'admettre », murmura-t-elle en enrobant les filets de poulet de chapelure et en les posant dans la poêle sifflante. « Je n'ai pas le temps d'avoir une relation avec qui que ce soit, et avec lui encore moins. »

Bien sûr, s'il la prenait par les sentiments et qu'il la faisait sortir de son système…

N'y pense même pas. Adam Kelly rentrait dans la catégorie des personnes affreusement sexy avec ses yeux bleus perçants et ses cheveux bruns, mais l'expérience lui avait appris que les hommes tels que lui étaient incapables de rester fidèles à une seule femme, et elle n'avait aucune envie d'être l'*autre femme*. Il valait mieux qu'elle se concentre sur le dîner et qu'elle ne se laisse pas distraire par lui.

Quinze minutes plus tard, elle mit le plat suivant sur des assiettes, prêt à être présenté aux Kelly. Une fois cela fait, il ne lui restait plus qu'à préparer le *dolce* et à ranger ses affaires. Fini. Terminé. Loin d'Adam Kelly, et de retour chez elle, elle pourrait rêver au plat du jour du lendemain pour la La Arietta.

Sa détermination s'effondra au moment où elle sentit ses yeux posés sur elle. Il suivait chacun de ses mouvements alors qu'elle posait le *secondo* devant ses frères et qu'elle débarrassait les assiettes de la *prima*. Lorsqu'elle finit par arriver devant lui, son estomac était noué.

« Ça a l'air délicieux », dit-il ; mais il ne regardait pas la nourriture.

Elle sentit sa peau devenir brûlante. « Ça l'est », réussit-elle à dire avant que ses mains ne commencent à trembler.

« Je vais prendre ça. » Il prit l'assiette, ses mains frôlant celles de la jeune femme, ce qui eut pour effet de doubler l'intensité de la chaleur lancinante qu'elle ressentait dans son bas-ventre.

Elle poussa un cri perçant et elle lâcha l'assiette comme si elle était secouée par un choc électrique.

« Ne laisse pas Adam te faire peur », dit Caleb de l'autre côté de la table. « Il obtient toujours ce qu'il veut et il n'a pas peur de mettre le grappin dessus. »

Il obtenait toujours ce qu'il voulait hein ? Est-ce qu'il la suivrait encore dans la cuisine et qu'il l'attraperait ? Il continuait de la regarder, peut-être dans l'espoir de saisir une sorte d'invitation de sa part. Si elle la lui donnait...

Non, elle ne devait pas penser à cela. Elle ne devait même pas ne serait-ce que céder au rêve de le faire. Elle serait professionnelle et elle gèrerait la situation en traitant les membres de la famille Kelly comme s'ils étaient des clients de son restaurant.

Elle essuya ses mains sur son tablier comme si elle pouvait faire disparaître le souvenir de son contact. « J'espère que ça te plaira. Mais n'oublie pas de garder de la place pour le dessert. »

« Absolument ! Bien sûr que je vais le faire. »

Oh mon Dieu, la manière dont il avait prononcé ces mots lui avait donné envie de s'offrir elle-même en dessert. Est-ce qu'il continuerait à avoir ce trémolo grave dans la voix en goûtant sa peau ?

Elle s'échappa vers la cuisine qui lui sembla se trouver à une distance inaccessible.

****

La culpabilité resserra la poitrine d'Adam au moment où Lia partit précipitamment dans la cuisine. Il n'avait absolument aucune intention de la faire fuir. Peut-être qu'il avait mal interprété ses pensées un peu plus tôt. Peut-être qu'elle était une sorte de vieille fille solitaire qui paniquait dès qu'un homme la touchait. L'idée tempéra à peine l'emprise qu'elle avait sur lui à chaque fois qu'elle entrait dans la pièce.

« Je ne sais pas ce qui se passe avec Lia ce soir », était en train de dire la mère de celle-ci. « Normalement elle est très sociable, toujours prête à rejoindre une conversation. »

« Adam n'a probablement pas aidé en lui arrachant son dîner de ses mains », répliqua Caleb. « Quelles bonnes manières frangin. »

« J'essayais juste d'aider. J'avais l'impression qu'elle avait les mains pleines. » *Et qu'elle était sur le point de tout renverser sur moi.*

« Peut-être que tu devrais lui présenter des excuses », dit sa mère avec un doux sourire, mais son ton était le même que celui qu'elle employait quand il était enfant pour lui suggérer d'aller dans sa chambre et de réfléchir aux vilaines choses qu'il avait faites.

Il regarda la porte de la cuisine comme s'il s'agissait d'un portail vers l'enfer, d'un lieu de souffrances sans fin. « Je vais lui laisser quelques minutes pour qu'elle puisse se calmer. En plus, je veux déguster mon plat pendant qu'il est encore chaud. »

De nouveau, la cuisine de Lia le surprit. Il s'agissait d'un mince filet de poulet pané, mais elle l'avait agrémenté de roquette, de tomates cerise et d'une sorte de sauce à la moutarde citronnée froide. Le mélange des saveurs et des textures produisait le même équilibre harmonieux qu'il en était venu à attendre de sa cuisine. Il dévora son plat, essuyant les dernières gouttes de sauce avec le pain chaud posé sur la table.

« Je suis certaine que Lia adorerait entendre combien tu as aimé son plat », dit sa mère avant même qu'il ait fini de mâcher. En d'autres termes, son temps était écoulé, et à moins qu'il ne trouve une autre excuse, il était condamné à aller dans la cuisine.

« Oui, maman. » Il se leva, puis il s'étira, faisant tout ce qu'il pouvait pour retarder la torture inévitable qui l'attendait de l'autre côté de la porte. Il était tout à fait capable de se comporter en adulte et d'ignorer le désir ardent qui brûlait en lui et qui le tourmentait. Tant qu'il ne la regardait pas, qu'il ne se laissait pas aller à penser à quel point ses courbes étaient délicieuses, qu'il ne se demandait pas quel goût avait ses lèvres, tout irait bien. Après tout, ce n'était qu'une des amies de sa mère.

Il ouvrit la porte et il jeta un œil dans la cuisine. Lia se tenait devant l'îlot, elle était en train de verser une sauce rose vif sur des petits bols contenant du *gelato* d'une couleur orange pâle. Lorsqu'elle eut terminé, elle mit une goutte de sauce sur son doigt, et elle sortit le bout de sa langue pour la lécher.

Zut, ne savait-elle pas qu'il ne fallait jamais faire cela devant un homme ? « Tu n'arrives pas à résister à ta propre cuisine ? »

Elle sursauta, les yeux écarquillés, une tache de sauce couvrant un côté de sa bouche pulpeuse. « Je voulais juste m'assurer que les parfums avaient eu le temps de se mélanger. »

« Mmh mmh. » Il s'approcha d'elle lentement, chaque pas représentant un acte mesuré de contrôle. « Et est-ce qu'ils l'ont fait ? »

Elle recula jusqu'au moment où elle heurta le plan de

travail situé de l'autre côté de la cuisine. « Est-ce qu'ils ont fait quoi ? »

« Est-ce qu'ils se sont mélangés ? » À présent il était juste devant elle, luttant désespérément contre l'envie de goûter par lui-même la sauce qui restait sur les lèvres de la jeune femme.

Elle donna un petit coup de langue et elle en retira une partie. « Je pense que oui. »

Avant même qu'il ne prenne conscience de ce qu'il faisait, son pouce était sur la joue de Lia en train d'essuyer la sauce qu'elle n'avait pas enlevée. La respiration de cette dernière devint haletante lorsqu'il suivit les contours de sa lèvre inférieure. Elle était si douce, si charnue. Suppliant presque d'être prise entre ses dents pendant qu'il l'embrassait.

Mais au lieu de cela, il retira sa main et il goûta ce qui se trouvait sur son pouce. De la framboise, avec une pointe de rhum et de menthe. « Je suis d'accord. »

La tension se relâcha dans les épaules de la jeune femme. « Je l'ai associée à du *gelato* au cantaloup. »

C'est bien - concentre-toi sur la nourriture, pas sur elle. « C'est une combinaison intéressante, mais je n'en attendais pas moins de toi. » Le compliment lui était venu facilement. Le nœud dans son ventre disparut. Voilà. Il pouvait avoir une conversation avec elle sans être assailli par des pensées sexuelles toutes les trois secondes.

« J'espère que ta famille aimera aussi. »

« Je suis sûr que oui. » En dépit son assurance retrouvée, elle continua de se tortiller contre le plan de travail, ce qui lui rappela la raison première pour laquelle il était venu dans la cuisine. « Je voulais m'excuser si j'ai fait quelque chose qui t'a mise mal à l'aise ce soir. »

« Je suppose que c'est comme ce que ton frère a dit - tu as l'habitude d'obtenir ce que tu veux. » Une pointe de défi perçait dans sa voix. « J'aurais dû m'attendre à ça de la part de quelqu'un comme toi. »

« Quelqu'un comme moi ? » Il croisa les bras, refusant de céder d'un pouce avant d'avoir saisi le fin mot de l'histoire. « Et qu'est-ce que c'est sensé vouloir dire exactement ? »

« Juste ça, rien de plus. Tu es riche et beau. » Son égo fut flatté jusqu'à ce qu'elle ajoute : « Je parie que tu penses que je ferais n'importe quoi pour attirer ton attention. »

« Quoi ? »

Elle le frôla en passant à côté de lui pour placer des brins de menthe dans les bols. « Sois honnête, Adam. On est tous les deux coincé ici parce que nos mères pensent savoir ce qui est le mieux pour nous alors que nous sommes clairement deux personnes très différentes. »

Son rejet le blessa, le poussant à se précipiter pour défendre son orgueil. « Peut-être, mais tu devrais être bien placée pour savoir que parfois deux choses très différentes s'accordent bien. » Il prit trois des bols et les tendit vers elle pour étayer son propos.

Elle le mit à terre avec un franc-parler qu'il aurait souhaité avoir lui-même un peu plus tôt. « Est-ce que tu es en train de dire que tu me trouves attirante ? »

« Je pense que c'est assez évident. » Et si cela ne l'était pas, il serait ravi de le lui prouver.

Une couleur pourpre embrasa ses joues. « Pas de doute, tu as une étrange manière de le montrer. »

« C'est un petit peu difficile quand on est toujours

interrompu par ma mère, mes frères et Jasper. »

Cela la fit rire. Son regard vacilla avant qu'elle ne le détourne. Elle remit une boucle de cheveux derrière son oreille. « Je suppose qu'il n'y aucun endroit où on n'aurait pas à s'inquiéter d'être interrompus, n'est-ce pas ? »

Sa queue tressaillit, intéressée, et sa bouche devint sèche. Est-ce qu'il s'agissait de l'invitation qu'il attendait ? Il se creusa la cervelle pour trouver un endroit où ils pourraient aller avant de choisir le bateau. « Ça te va de me retrouver sur le quai d'ici quelques minutes pour une balade en bateau au crépuscule ? »

« Pas de souci, à condition que ma mère ne soit pas pressée de rentrer à Chicago. »

« J'en doute - ma mère et elle ont parlé de stratégies de bridge toute la soirée. » Il amena les desserts dans la salle à manger d'un pas plus léger et avec un nouvel entrain. À la fin de la soirée, il allait enfin réussir à aller au fond des choses quant à son étrange réaction face à Lia, et peut-être qu'il satisferait sa curiosité à propos de la sensation que lui procurerait le contact de ses lèvres avec les siennes.

« Tout va bien, mon chéri ? », demanda sa mère.

« Tout va bien, maman. J'ai proposé à Lia de l'emmener faire une petite visite rapide de cette partie du lac. » Il se tourna vers ses frères et il ajouta en silence : *seuls*.

Dan hocha la tête. « Bonne idée. Je vais devoir partir bientôt de toute façon. Je dois passer des coups de fil, tout ça. » Il sortit son bipeur comme pour prouver ses dires, mais il était plus probable qu'il voulait retrouver une quelconque infirmière qui avait ses faveurs en ce moment.

« Et moi je dois appeler Kourtney », dit Caleb en s'attirant un froncement de sourcils quasiment imperceptible de la part de sa mère.

Adam devait définitivement découvrir ce qui s'était passé en Floride avant que son frère ne parte pour l'Afghanistan, mais cela pouvait attendre.

Pour le moment, ce qui se rapprochait le plus d'un rendez-vous amoureux depuis les six derniers mois était en train de l'attendre près du bateau.

****

Lia marcha sur la pointe des pieds vers le quai, effrayée qu'un son trop fort puisse attirer Jasper. Mais alors qu'elle se rapprochait du bateau, un léger doute s'insinua dans son esprit. *Mais qu'est-ce que je suis en train de faire ? Je vais là-bas toute seule avec un homme sexy qui va sûrement vouloir que je jette ma petite culotte par-dessus bord au bout de quelques secondes.*

Cependant, pour sa défense, Adam avait été un vrai gentleman... jusque-là. Peut-être que tout ce qu'il voulait c'était discuter avec elle.

Alors pourquoi est-ce que cela lui laissait un arrière-goût de déception ?

Le soleil était bas à l'horizon, et il peignait les nuages de rose et d'orange, donnant l'impression que l'eau était recouverte de flammes. Si Adam voulait l'emmener faire une promenade en bateau au crépuscule, elle serait brève. La nuit tomberait bientôt, ce qui voulait dire que sur le chemin du retour elle devrait faire attention aux cervidés sur cette route en gravier perdue dans l'obscurité totale.

C'est une mauvaise idée. Je devrais partir maintenant avant que -

Elle fit volte-face et se heurta contre Adam. Le parfum de savon se mêlant à de faibles effluves d'une eau de Cologne épicée provenant de sa peau et emplissant ses narines la fit vaciller. Pourquoi n'avait-elle pas remarqué plus tôt à quel point il sentait bon ?

Il entoura ses épaules de ses bras pour l'aider à retrouver son équilibre. « Ça va ? »

Elle réussit à hocher la tête, même si son cœur continuait de cogner violemment dans sa gorge.

« Alors pourquoi est-ce que tu as l'air d'avoir peur de ton ombre ? »

« Je... heu... » Tout sauf la vérité. « J'ai peur que Jasper ne revienne me sauter dessus. »

Adam rit en la guidant vers le quai. « Il ne ferait pas de mal à une mouche, vraiment. En plus je l'ai attaché sur le porche de devant, donc tu n'as pas à te faire de souci. »

Si seulement il savait.

« Quand tu parlais de bateau, je ne m'attendais pas à un petit yacht », dit-elle au moment où ils s'arrêtèrent devant l'élégant hors-bord de 9 mètres de long.

Il haussa les épaules comme s'il s'agissait d'un canoë en bois, puis il l'aida à monter à bord. « Ce n'est pas ce qu'il y a de plus impressionnant sur le lac, mais il y a une petite cuisine en bas si tu as envie d'un verre de vin. »

Elle pénétra dans la pièce exigüe. La « *cuisine* » se composait d'un petit frigo - rempli de bières, de vins et de sodas -, d'un four à micro-ondes et de deux plaques de cuisson. Ce n'était pas grand-chose, mais cela pouvait convenir pour une journée sur le lac. Évidemment, elle ne put s'empêcher de remarquer le petit lit niché dans le coin situé à l'avant de la cabine. Combien de femmes étaient venues pour une promenade en bateau et avaient fini sous ces couvertures ?

Le bateau tangua et le moteur vrombit en s'allumant. Elle versa un verre de Chardonnay pour Adam et elle, puis elle remonta sur le pont et elle s'installa à côté de lui. « Tu le sors souvent ? »

Il secoua la tête. « Mes frères l'utilisent plus que moi. Je ne suis pas monté sur ce bateau depuis deux ans. »

Cela fit disparaître l'idée des galipettes sous les couvertures dans la cabine du dessous.

Le bateau glissait lentement sur l'eau, et Adam lui montra les maisons de ses voisins, ainsi que les différents sites notables. Les étoiles scintillaient au-dessus d'eux lorsqu'ils firent demi-tour et qu'ils commencèrent à se rediriger vers la maison. « Désolé, j'ai l'air d'un guide touristique. »

« Ne t'excuse pas. C'est une balade agréable. » Elle ne savait pas si c'était le vin ou le fait d'avoir simplement passé une demi-heure en sa compagnie sans la tension sexuelle qu'ils avaient ressenti auparavant, mais elle se sentait enfin à l'aise avec Adam Kelly.

Il avait le regard fixé sur l'horizon, au-delà de l'eau. « Alors, tu vois quelqu'un ? »

« Non. Je suis trop occupée avec mon restaurant. J'y suis tous les soirs, donc ça me laisse peu de temps pour sortir avec quelqu'un. » *Mon dieu, est-ce que ça a vraiment l'air aussi pathétique que je le pense ?*

« Je comprends tout à fait. Mon boulot aussi est très prenant. »

Au moins je ne suis pas la seule à être obsédée par mon travail au point de ne pas avoir de vie sociale. « Quel genre de travail tu fais ? »

« Je gère des propriétés que mon père a construites. Quand il est mort, j'ai dû prendre la relève. »

« Et c'était ce que tu avais envie de faire ? »

Il haussa de nouveau les épaules. « Je suis l'aîné. C'était ce qu'on attendait de moi. »

« Et alors ? Ma mère voulait que je me marie en sortant de l'université et j'aurais dû lui donner une demi-douzaine de petits enfants maintenant, mais tu vois je ne l'ai pas fait. C'est quoi ton excuse ? »

Ses dents blanches brillaient sous la lumière de la lune au moment où il fit un large sourire. « Ok, tu m'as eu. J'aime ce boulot. C'est toujours un défi de prendre ce que mon père a laissé et de le transformer en quelque chose de mieux. Par exemple, j'essaye de convaincre Amadeus Schlittler d'ouvrir un restaurant dans un mes immeubles du centre-ville. »

Elle écarquilla les yeux. « *Le* Amadeus Schlittler ? »

« Le seul et unique. »

Elle émit un faible sifflement. « Si tu arrives à le convaincre de faire ça, tu seras tranquille. J'ai entendu dire qu'il fallait réserver un an à l'avance pour son restaurant de New York. »

« Bingo. Et ça aidera à augmenter les revenus des autres entreprises qui se trouvent dans l'immeuble, et en retour ça me permettra d'augmenter leurs loyers, et donc mes bénéfices. »

« On dirait que tu as tout prévu. Tu serais fou de laisser une telle opportunité te filer entre les doigts. »

« En fait c'est encore en suspens. J'ai un endroit qui pourrait être parfait pour lui, mais je dois m'occuper de certaines choses avant. »

« J'espère que tout se passera comme tu veux. »

Une rafale de vent balaya le lac, traversant le tissu fin de sa chemise et couvrant sa peau de chair de poule. Elle trembla et croisa ses bras sur sa poitrine.

Adam arrêta les moteurs. « Laisse-moi t'apporter une couverture. » Il revint de la cabine un instant plus tard et il enroula une couverture polaire autour de ses épaules. « J'ai oublié combien les nuits pouvaient être fraîches sur l'eau, même si on est presqu'en été. »

Elle tira sur la couverture pour la serrer encore plus autour d'elle. « Merci. »

Il s'agenouilla devant elle et il frotta ses bras, ses gestes se faisant de plus en plus lents à chaque passage. Il s'immobilisa et il la fixa du regard. « Tu sais, je n'ai toujours pas obtenu ce que je voulais ce soir. »

Elle se prépara à la grande proposition qui impliquerait une demande de sexe, mais au lieu de cela Adam se contenta de se pencher en avant et de frôler ses lèvres avec les siennes dans le plus doux des baisers. Une onde de chaleur la parcourut, partant de sa bouche et se propageant jusqu'au bout de ses doigts. Pendant quelques secondes, elle oublia le froid.

« Maintenant, j'ai obtenu ce que je voulais », dit-il, sa voix devenue rauque exprimant de la retenue.

« Et c'est tout ce que tu voulais ? » Les mots sortirent de sa bouche avant même qu'elle ne prenne conscience de ce qu'elle était en train de dire, mais son baiser lui avait donné envie de plus. Elle voulait de nouveau sentir ses lèvres sur elle, ses bras autour d'elle, son corps contre le sien pendant qu'il l'embrassait jusqu'à être prise de vertiges à force de retenir sa respiration.

« Je ne voulais pas trop présumer. »

« J'apprécie. » Elle fit glisser ses doigts dans les cheveux d'Adam et elle l'attira vers elle jusqu'à ce que leurs lèvres se rencontrent de nouveau.

En cet instant, il n'y avait rien de doux ni d'hésitant dans leur baiser. Elle ouvrit la bouche avec plaisir au moment où la langue du jeune homme glissa sur ses lèvres, et elle s'accrocha à lui au moment où il l'amena jusqu'à cet état qu'elle voulait tant atteindre, jusqu'à ce qu'elle ait la tête qui tourne. La couverture glissa de ses épaules, suivie par sa chemise, la laissant dans son débardeur à fines rayures.

Les mains d'Adam chassaient le froid qui menaçait sa peau nue en caressant ses bras et ses épaules. Ses lèvres suivirent, allumant un sentier de chaleur partant de son cou jusqu'à sa poitrine. Une des bretelles tomba de son épaule, et en tirant un peu sur son décolleté il put accéder à ses seins. Il fit courir son pouce sur une pointe tendue qu'il taquina une seconde avant de la prendre dans sa bouche.

Un gémissement sortit des lèvres de Lia tandis qu'Adam utilisait en alternance ses dents et sa langue sur le morceau de chair sensible. Elle se laissa glisser de sa chaise pour chevaucher la cuisse du jeune homme, appuyant son corps contre le sien. La bosse dure de sa queue à travers son jean la réjouissait et la tourmentait en même temps. Elle se balança contre lui, l'encourageant à continuer.

« Oh mon dieu, Lia. » Il saisit ses hanches et il l'immobilisa. Ses lèvres abandonnèrent les seins de la jeune femme et dévorèrent sa bouche encore une fois jusqu'à ce qu'ils manquent d'air tous les deux. « Tu as un goût encore plus délicieux que tout ce que j'avais imaginé. »

« Alors ne t'arrête pas », l'encouragea-t-elle avant de ne plus en avoir le courage. Peut-être qu'elle n'avait pas le temps de sortir avec quelqu'un, mais elle n'allait pas refuser ce qui pourrait être le meilleur coup de sa vie si les préliminaires pouvaient être considérés comme un quelconque indice.

Le T-shirt d'Adam disparut en un instant, suivi par le débardeur de Lia. Les poils épais sur le torse du jeune homme éraflaient ses tétons déjà tendus. Son vagin se serrait à chaque fois que sa langue dansait autour de la sienne, à chaque fois que ses mains couraient sur son dos et à chaque fois qu'il plaquait son érection contre elle. Si elle ne faisait pas attention, elle allait jouir avant qu'il n'entre en elle.

Ses doigts s'agrippèrent à la ceinture de son jean. Ses baisers se firent plus rapides, révélant un désir tout aussi désespéré que le sien. Il tendit la main derrière elle pour prendre la couverture et la poser sur son dos nu avant de l'allonger sur le pont. Ensuite, avec ce qui semblait être un talent dû à une longue pratique, il ouvrit la braguette de son jean et il glissa sa main dans son slip.

Elle gémit son nom au moment où il trouva son clitoris, incapable de dire quoi que ce soit d'autre, ivre de désir. Il variait l'intensité de ses caresses, glissant de la minuscule petite bosse jusqu'à l'alcôve plus profonde de son sexe. Chaque mouvement la rapprochait de plus en plus de l'orgasme.

Mais au lieu d'être éblouie par un orgasme, ce fut la lumière d'un projecteur qui la frappa en plein visage, suivie d'une voix sortant d'un porte-voix demandant : « Est-ce qu'il y a quelqu'un à bord ? »

Adam lâcha un juron et enveloppa la couverture autour de sa poitrine nue, son regard passant de la jeune femme au projecteur du bateau de police. « Tout va bien, Bob. On a juste arrêté le bateau un instant. »

La chose dont Lia avait le plus envie en cet instant était de disparaître dans un trou de souris. Si Adam et elle avaient été un couple d'adolescents excités qui se faisait surprendre par la police, les choses n'auraient pas été aussi horriblement gênantes. Mais ils étaient adultes, et le policier s'était probablement plus que rincé l'œil pendant qu'elle se contorsionnait à moitié nue sous le corps d'Adam quelques minutes auparavant.

« Je voulais juste en avoir le cœur net, Adam », dit Bob le policier, cette fois sans le porte-voix. « Salue ta mère pour moi. »

« Je le ferai. » Adam fit un signe de la main alors que le bateau de police s'éloignait du leur. Une fois qu'ils furent de nouveau dans l'obscurité, il s'assit à côté d'elle et il se recoiffa en glissant ses doigts dans ses cheveux. « Eh bien, c'était embarrassant… »

« C'est le moins qu'on puisse dire. » Tout le désir qu'elle ressentait s'était évanoui. Elle chercha ses vêtements sur le pont.

« On devrait peut-être rentrer. » Adam ramassa le débardeur et la chemise de la jeune femme. « Tiens, mets ça avant que Bob ne fasse sa prochaine ronde. »

Il lui fallut moins d'une minute pour être totalement habillée, de nouveau bien enveloppée dans la couverture.

Adam démarra le moteur et ramena le bateau en silence jusqu'à la maison du lac de sa mère. La déception la rongeait. Si le policier ne s'était pas montré, leurs corps seraient probablement entremêlés dans la béatitude post-coïtale en ce moment même. Au lieu de cela, il refusait même de la regarder, la laissant avec plus de questions que jamais. Est-ce qu'elle l'intéressait vraiment ? Ou est-ce qu'il cherchait juste un nouveau trophée. Si elle pouvait savoir où elle en était avec lui, peut-être qu'elle pourrait se faire une idée de ce qu'elle voulait faire ensuite.

Le bateau ralentit en approchant du quai. Adam passa devant elle et attacha le bateau aux amarres. Au moment où elle essaya de descendre, il lui bloqua le chemin. « Je suis vraiment désolé que Bob ait déboulé comme ça. »

« Ça arrive », dit-elle, anxieuse en voyant la soirée toucher à sa fin.

Il prit son menton dans sa main et il la força à le regarder. « Ce que je veux dire, c'est que j'ai passé un moment agréable et que j'aimerais te revoir. »

« Je croyais que tu disais que tu étais trop occupé pour sortir avec quelqu'un. »

« C'est le cas, mais j'aimerais trouver du temps pour toi, si toi aussi tu as envie de le faire pour moi. » Il lâcha son menton et il l'attira vers lui pour la prendre dans ses bras. « Enfin, si tu veux me revoir. »

Comment aurait-elle pu dire non alors que son corps mourait d'envie de faire des folies avec le sien ? « Je pense que je pourrais trouver du temps pour toi. »

« C'est tout ce que je voulais entendre. » Il lui lança un sourire rempli d'assurance avant de baisser de nouveau sa bouche vers la sienne.

Lia rit malgré elle. Apparemment, Adam obtenait toujours ce qu'il voulait et elle était tombée directement entre ses mains. Évidemment, si ces mêmes mains continuaient ce qu'elles avaient commencé sur le bateau, alors elle était partie pour une partie de plaisir le temps que cela durerait.

Deux aboiements graves provenant de la maison se

firent entendre et un éclair blanc courut dans leur direction le long du quai. Les muscles de Lia se contractèrent pour se préparer à l'impact avec Jasper.

« Non, non ! » Adam se plaça devant elle pour la protéger du berger des Pyrénées. « Assis garçon ! »

Mais Jasper refusa d'obéir. Il se jeta sur eux. Lia trébucha vers l'arrière. Ses pieds battirent les airs, puis l'eau froide du lac l'enveloppa.

Chapitre Trois

Adam tapotait nerveusement l'arrière de son iPad avec son doigt tandis que Bates conduisait la voiture dans l'avenue Michigan. La nuit dernière avait été un désastre épique, mais après avoir sorti Lia du lac cette dernière était toujours d'accord pour lui donner son numéro de téléphone. Elle l'avait même enregistré dans son téléphone pour qu'il ne le perde pas. Mais il ne l'aurait pas perdu. Aucune femme ne l'avait autant perturbé qu'elle l'avait fait. Un baiser, et il n'était plus lui-même.

« Je suis désolé pour les embouteillages, M. Kelly. Nous devrions arriver là-bas d'ici quelques minutes. »

« Prenez votre temps, Bates. Je suis juste en train de réfléchir à d'autres choses. » Comme au moment où il appellerait Lia. Même s'il avait hâte de reprendre ce qu'ils avaient commencé la nuit précédente, il ne voulait pas donner l'impression d'être un obsédé fini uniquement intéressé par le sexe. Ce n'était pas que l'envie lui manquait. Mais il appréciait également suffisamment sa compagnie pour avoir envie de trouver du temps pour elle dans son emploi du temps chargé, et cela voulait dire beaucoup.

Et il en avait presqu'autant envie qu'il voulait qu'Amadeus Schlittler ouvre un restaurant dans son immeuble.

« L'endroit dont je vous ai parlé hier est déjà occupé par un restaurant, M. Schlittler pourra le transformer à sa guise sans la moindre difficulté. »

« C'est bon à savoir. » Encore heureux que Bates ait déjà repéré les lieux pour lui et qu'il ait tout observé dans les moindres détails. « Vous disiez qu'il ne restait que deux mois sur le bail de la locataire ? »

« Oui monsieur. Elle sous-loue l'espace depuis que le bar à desserts a été contraint de fermer et elle a demandé à avoir un bail à son nom. Même si vous n'allez pas le lui accorder, je suis certain qu'elle appréciera le fait que vous vouliez l'en informer en personne. »

« Si je ne renouvelle pas son bail, je suppose qu'elle voudra savoir pourquoi. » Il se trémoussa sur son siège. Les confrontations l'avaient toujours rendu nerveux, mais au fil des ans il avait appris qu'il valait mieux apporter les mauvaises nouvelles en personne plutôt que de diriger les locataires vers ses employés pour la gestion de tous leurs problèmes. Les choses étaient toujours compliquées en première ligne, mais au final le résultat était presque toujours positif. « Comment elle s'appelle déjà ? »

« Mme Mantovani. »

Il se trémoussa de nouveau sur son siège. Le nom à consonance italienne faisait ressurgir ses souvenirs de Lia, ainsi que de la manière dont elle avait murmuré des choses coquines dans cette langue pendant que sa propre langue s'enroulait autour de son petit mamelon soyeux. Sa queue durcit et il sortit son téléphone en se demandant combien de temps il devait attendre avant de pouvoir l'appeler sans risque.

Bates tourna pour rentrer dans le parking situé sous l'immeuble et saisit son code d'accès.

Adam ajusta sa cravate et chassa Lia de son esprit. Il n'avait pas besoin de se rendre à un rendez-vous avec un piquet de tente dans son pantalon.

Un ascenseur les conduisit du parking jusqu'au hall d'entrée. Il s'agissait du dernier immeuble dont son père avait commandé la construction, mais celui-ci était mort quatre mois avant la fin des travaux. Pourtant, Adam voyait des petites traces de son père dans le bâtiment, des carreaux en marbre à l'acajou foncé du bureau de l'hôtesse d'accueil. Mais étant donné qu'il s'agissait de la première propriété dont Adam avait dirigé la construction en tant que président de l'entreprise familiale, il avait ajouté sa touche personnelle, comme les sculptures en verre de Chihuly suspendues au plafond du hall d'entrée trois étages plus haut. Si cela avait dépendu de lui, il aurait laissé les détails quotidiens de l'entreprise à Bates afin de pouvoir se concentrer sur la création de nouvelles propriétés et sur le fait de donner une nouvelle vie à celles dont il disposait déjà grâce des idées innovantes.

Bates appuya sur un bouton de l'ascenseur qui les emmena au sommet de la tour. Les vues spectaculaires ne feraient que mettre en valeur la cuisine d'Amadeus. En d'autres termes, cet endroit était parfait. Il regarda Bates en essayant de lire quelque chose sur son expression stoïque. « Est-ce que le chef Schlittler a eu l'air enthousiaste quand vous lui avez parlé de cet endroit ? »

« Oui, monsieur, mais il veut quand même le visiter en personne la semaine prochaine. » Puis, en tirant sur son col alors que cela était totalement contraire à ses habitudes, Bates ajouta : « M. Kelly, êtes-vous sûr de vouloir expulser la locataire actuelle ? Mme Mantovani a réalisé un travail extraordinaire en créant un restaurant ici, et elle en a fait un des endroits sur réservation les plus tendance de la ville en vraiment très peu de temps. »

« Elle n'est pas Amadeus Schlittler. »

L'ascenseur sonna et les portes s'ouvrirent pour les laisser entrer. Alors que l'ascenseur poursuivait son chemin à toute vitesse vers le sommet, Bates poursuivit : « Peut-être serait-il plus sage d'investir dans un talent local plutôt que d'amener un grand nom. »

« Un grand nom suscitera plus d'intérêt, et donc plus d'argent, qu'une quasi inconnue. » Il serra le poing. « Ce sont les affaires, Bates. Ne vous laissez pas atteindre sur le plan personnel. J'ai pris ma décision et rien ne me fera changer d'avis. »

« Bien sûr, monsieur. Je faisais simplement une suggestion. »

L'ascenseur s'arrêta et les portes s'ouvrirent sur une entrée qui lui fit penser à une villa toscane, jusqu'au plâtre lézardé sur les murs. Ce n'était pas quelque chose qu'Amadeus apprécierait si le décor de ses restaurants actuels constituait un indice fiable. L'esprit d'Adam commença immédiatement à calculer quel serait le coût pour faire retirer ce plâtre.

Alors qu'il inspectait les murs, il remarqua une couverture encadrée du numéro du mois précédent de *Food and Wine* consacré aux nouveaux chefs les plus populaires en Amérique. Et au centre de la photo trônait un filet de poulet pané sur lequel était déposé de la roquette. Son ventre se noua. « Quel était le nom de ce restaurant déjà ? »

« La La Arietta », répondit Bates.

Sa bouche devint sèche et ses mains moites. *Merde !*

« Par ici, M. Kelly. » Bates ouvrit la porte d'entrée de la salle à manger. « Je pense que Mme Mantovani aimerait entendre ce que vous avez à lui annoncer avant le coup de feu du midi. »

Le personnel de service qui se trouvait à l'intérieur se figea lorsque Bates et lui pénétrèrent dans la pièce. Un homme mince avec des cheveux noirs trop gominés et un costume gris s'approcha d'eux. « Ah M. Bates, c'est un réel plaisir de vous revoir. »

Si l'intonation légèrement féminine dans la manière dont l'homme prononça ses mots n'était pas un indice suffisant pour qu'Adam puisse déterminer les penchants sexuels de celui-ci, l'eyeliner noir ne laissait la place à aucun doute.

« Ravi de vous voir également, Dax. J'espère que nous venons voir Mme Mantovani à un moment opportun. »

« Je vous en prie », dit Dax dans un souffle en faisant un mouvement de hanche. « Elle ne quitte jamais cet endroit. Je vais aller la prévenir de votre présence. »

Une fois que Dax eut disparu dans la cuisine, Bates s'éclaircit la gorge. « Dax est le maître d'hôtel », dit-il comme si cela expliquait tout.

Adam se mit à prier toutes les divinités qui pouvaient être en train d'écouter pour que tout cela ne soit qu'un mauvais rêve et pour que ce restaurant ne soit pas celui de Lia.

Les dieux n'étaient pas de son côté.

La chef qui sortit de la cuisine avait les mêmes boucles brunes aux reflets dorés, les mêmes grands yeux verts et les mêmes lèvres pulpeuses que la femme avec qui il avait failli avoir des rapports sexuels la nuit précédente. Son sourire s'effaça au moment où elle le vit. « Adam, qu'est-ce que tu fais ici ? »

Merde, merde, merde et merde !

Le regard de Bates passa de l'un à l'autre. « Vous vous connaissez ? »

« On s'est rencontré hier à la maison du lac de ma mère. »

Adam essaya de formuler des mots cohérents, mais son esprit restait envahi par le mot de cinq lettres. Mais comment une personne telle que Lia s'était retrouvée dans un des immeubles les plus en vue de Chicago ?

Comme il restait incapable de prononcer un mot, Bates intervint : « M. Kelly voulait vous parler à propos de votre bail. »

Les coins de la bouche de la jeune femme se relevèrent dans un mouvement convulsif et formèrent un sourire nerveux. « Je suis prête à signer le renouvellement quand tu veux. Comme tu le sais peut-être déjà, les affaires sont prospères. »

Il était temps de mettre fin à cette agonie le plus vite possible. « Je ne renouvelle pas ton bail. »

Voilà. Il l'avait dit. Maintenant il était prêt à être damné et à subir la punition qui l'attendait, quelle qu'elle soit.

Le visage de Lia perdit toutes ses couleurs. « Tu ne renouvelles pas mon bail. » Sa lèvre inférieure trembla. « Pourquoi ? »

Il dut faire appel à toutes ses forces pour ne pas la

prendre dans ses bras et la réconforter, mais il devait garder le contrôle s'il voulait que son plan se passe sans accrocs. « Amadeus Schlittler veut ouvrir son restaurant ici. »

L'incrédulité de la jeune femme s'effaça pour laisser place à une rage contenue. Le tremblement dans sa voix révélait à quel point elle luttait pour ne pas lui hurler dessus. « Tu m'expulses pour *lui* ? »

« Tu l'as dit toi-même hier - Je serais fou de laisser une telle opportunité me filer entre les doigts. » L'émotion flagrante dans ses propres mots l'ébranla. Il avait l'air d'un parfait connard.

Les narines de Lia se dilatèrent et la paupière inférieure de son œil droit tressauta, mais en dehors de cela elle restait totalement immobile et impassible. Sa bouche s'ouvrit et se referma à plusieurs reprises dans un claquement sec. Elle finit par dire : « Eh bien il me reste deux mois sur mon contrat de sous-location et je ne partirai pas avant. »

Elle tourna les talons et se dirigea vers la cuisine, son dos et ses bras toujours raides comme des piquets. Son maître d'hôtel haut en couleur fit plusieurs pas en arrière avant de la suivre. Tous les autres membres du personnel de service lui lancèrent des regards furieux comme s'il venait de faire tomber la béquille de Tiny Tim d'un coup de pied.

La température de la pièce semblait avoir monté de vingt degrés au-dessus de sa température de confort. « Allons-y, M. Bates »

« Oui, M. Kelly. » Celui-ci attendit qu'ils soient en sécurité dans l'ascenseur avant de dire : « J'ai l'impression que vous n'étiez pas au courant qu'elle était votre locataire. »

« Absolument pas. Je ne me souviens pas avoir vu son nom sur le bail. » S'il l'avait su, il serait resté le plus loin possible d'elle la nuit précédente. La règle numéro un était de ne pas mélanger les affaires et le plaisir, et il avait déjà plus que dépassé cette frontière.

« C'était une sous-location monsieur. Êtes-vous toujours aussi sûr de vouloir l'expulser en faveur de M. Schlittler ? »

Le doute s'insinua en lui, le poussant à réfléchir un instant. « Ce qui est fait est fait, Bates. Le contrat avec Schlittler ne sera conclu que s'il obtient cet endroit. C'est le chef que mes investisseurs veulent et je ne peux rien y faire. »

Bates s'éclaircit de nouveau la voix. « C'est vraiment dommage, monsieur. Mme Mantovani s'est révélée être une locataire idéale. »

Et elle embrassait merveilleusement bien, mais cela ne changeait pas les choses. « Veuillez informer M. Schlittler que le bail sera établi à son nom le premier du mois prochain. »

****

Lia fit irruption dans la cuisine qu'elle traversa d'une traite jusqu'à son bureau. Elle ressentait une sensation de brûlure dans ses poumons en manque d'oxygène et sa poitrine se soulevait à un rythme anormal. Un sanglot remplit sa gorge. Mais qu'est-ce qui venait juste de se passer ?

Julie, son second, jeta un coup d'œil dans le bureau, l'inquiétude remplaçant son sourire habituellement enjoué. « Dax, chéri, apporte un shot de grappa à Lia. »

Lia ouvrit la bouche pour dire à Julie que ce n'était pas nécessaire, mais à la place ce qui en sortit fut : « Ce sale connard ! »

« Oula, tu ferais mieux d'en servir deux. » Julie entra dans le bureau et referma la porte derrière elle. « Calme-toi, ma chérie, et raconte-moi, qu'est-ce qui se passe ? »

Lia s'enfonça dans son fauteuil de bureau et appuya les paumes de ses mains sur ses yeux. « Je ne peux pas croire que j'ai failli coucher avec lui. »

« Oh, j'ai l'impression que je suis arrivé pile au bon moment pour les détails croustillants. » Dax posa deux verres sur le bureau. « Vous parlez de M. Je-suis-grand-beau-et-sombre ? »

Julie le frappa avec le dos de sa main. « C'est sérieux. Bon, vas-y Lia, raconte tout depuis le début. »

« Vous savez que ma mère a mis aux enchères un repas préparé de mes mains à un truc de charité ? Eh bien c'est la mère d'Adam qui a remporté l'enchère. »

« Et Adam est ce beau spécimen en costume ? » Dax était quasiment en train de baver. « Et alors le dessert a pris un tout autre sens ? Non pas que je te le reproche... »

« Après le dîner, il m'a emmenée faire une promenade en bateau et... » Malgré toute la colère qu'elle éprouvait contre lui, son sexe se contracta au moment où elle repensa à la nuit précédente. « Eh bien, une chose en entraînant une autre. »

Julie s'assit sur le bureau et elle tendit à Lia le premier shot. « Tu as dit que tu avais failli coucher avec lui - qu'est-ce qui vous a empêché d'aller jusqu'au bout ? »

« Un policier avec un projecteur très lumineux. » Lia prit le verre et but la liqueur amère d'un trait. Cela correspondait à son état d'esprit du moment. « Ça ne me surprendrait pas qu'il ait essayé de me séduire pour que je ne sois pas trop en colère au moment où il allait m'envoyer cette bombe à la figure. »

« En regardant les choses du point de vue d'un mec, tu prends les choses à l'envers… C'est toi qui a lâché la première bombe et qui a proposé le sexe de consolation ensuite. » Dax poussa le deuxième verre de grappa vers elle. « Mais regardons le bon côté des choses - il te reste un atout dans ta manche. »

Lia but une gorgée, laissant la grappa brûlante descendre jusqu'à son estomac et apaiser sa colère. « Qu'est-ce que tu veux dire ? » « Tu as entendu ce qu'il a dit - il me met dehors pour me remplacer par Amadeus Schlittler. »

« Oui, mais tu as une chose qu'Amadeus Schlittler n'a pas. » Dax serra Lia dans ses bras. « Trois choses en fait si tu comptes tes nichons. »

Julie fit une grimace comme si elle venait de mordre dans un citron. « Tu n'as tout simplement pas emprunté ce chemin. »

« Oh si, je l'ai fait. » Dax claqua des doigts devant le visage de Julie. « Si Lia veut garder cet endroit, elle doit aller vers M. Costume et travailler sur ça. »

Lia posa violemment son verre sur le bureau. « Je ne vais pas m'abaisser à ce niveau. Si Adam veut fermer la La Arietta et me mettre dehors, alors pas de problème. Mais je ne vais pas coucher avec lui pour garder cet endroit. »

« Je coucherai avec lui moi », dit Dax en se portant volontaire. « Je ne prétends pas avoir une once de moralité quand il s'agit de mecs sexy. »

« Tu es une vraie traînée. » Julie poussa Dax en le taquinant. « Mais en parlant sérieusement, tu as pensé à utiliser tes charmes féminins à ton profit ? Je veux dire, il avait l'air d'être sous ton charme hier, non ? »

Lia acquiesça, l'ironie des évènements de la nuit

précédente semblant se moquer d'elle. « Il a même demandé mon numéro de téléphone. »

« Alors peut-être que quand il appellera tu pourras lui dire tout ce que restaurant signifie pour toi. Tu dois réussir à le convaincre d'être de ton côté. Flirte s'il le faut. »

« Suce sa queue s'il le faut », dit Dax avec un large sourire, ce qui lui valut une autre claque de la part de Julie.

Lia massa ses tempes. « J'adore la La Arietta, mais je ne vais pas m'abaisser à me prostituer pour la garder. En plus, Adam est un homme d'affaires. Le seul moyen que j'ai pour le convaincre de changer d'avis, c'est de l'attraper et de lui montrer que je peux faire mieux qu'Amadeus Schlittler pour augmenter son résultat net. »

« Et si tu as besoin d'aide pour l'attraper, je serais plus que ravi de t'aider. » Dax la serra de nouveau dans ses bras et il retrouva son sérieux. « Oh, ma chérie, ça me fait vraiment de la peine que tu sois obligée de traverser tout ça. Qu'est-ce que je peux faire pour t'aider ? »

Lisa se leva et arrangea sa veste de chef. « Fais en sorte que toutes les tables du restaurant soient réservées tous les soirs. S'il voit des gens en train de faire la queue devant la porte, alors il saura qu'on fait des bénéfices. »

Julie descendit du bureau. « Et moi, qu'est-ce que je peux faire ? »

« Aide-moi à créer des nouveaux plats dont les gens parleront. » Elle ouvrit la porte du bureau et elle vit le personnel de la cuisine qui était déjà en train de se préparer pour les plats du jour. « Peut-être même qu'on pourrait contacter une émission d'actualités locale et faire une démonstration culinaire. »

« Ou peut-être qu'on pourrait passer aux informations et

nous attirer la sympathie du public en disant aux gens qu'on nous oblige à fermer », suggéra Julie.

Elle regarda fixement sa cuisine qui rentrait toute entière dans son champ de vision. Cet endroit était sa maison, son rêve, son véritable amour. Jusqu'où serait-elle prête à aller pour le garder ? Une boule se forma dans sa gorge. « S'il faut que je fasse ça, je le ferai. Mais pour le moment essayons d'être polis. »

CHAPITRE QUATRE

Lia saupoudra le contenu de la sauteuse avec du basilic finement ciselé tout en remuant les *linguine* dans la sauce à l'huile d'olive et au vin blanc. La cohue du jeudi soir à l'heure du dîner battait son plein, et elle voulait s'assurer que tout soit parfait jusque dans les moindres détails. « Est-ce que ce flétan est prêt ? », demanda-t-elle à Julie.

« Je suis en train de le sortir du grill. »

Lia disposa les pâtes sur une assiette propre, puis elle attendit que Julie y dépose le poisson pour verser ensuite la sauce qui restait sur le dessus. Encore un peu de basilic pour la garniture, un coup de torchon sur le bord de l'assiette, et cette dernière était prête à partir. « J'ai besoin d'un commis. »

Un membre de son personnel de service prit l'assiette et disparut dans la salle à manger.

Dax apparut alors que la porte pivotait de nouveau vers la cuisine. « Tu ne croiras jamais qui vient juste d'arriver et de demander une table sans avoir réservé. »

Lia lança la casserole sale dans l'évier et elle en prit une propre. « Je n'ai pas le temps de jouer aux devinettes. »

« Oh, mais je pense que ça va te plaire. » Il la traîna jusqu'au hublot donnant sur la salle à manger et il montra du doigt un couple assis à une table.

Lia ne reconnut pas la femme, mais l'identité de l'homme ne faisait aucun doute, il s'agissait d'Adam Kelly. Ils étaient assis l'un à côté de l'autre, leurs têtes étaient inclinées et ils étaient en grande conversation « Il a amené une de ses conquêtes ici ? »

« Quel culot », dit Julie par-dessus son épaule en fouettant une nouvelle préparation de vinaigrette. « Pourquoi tu leur a donné une table, Dax ? »

« Parce qu'on a eu une annulation de dernière minute. » Il les éloigna de la porta en voyant un serveur s'approcher. « Vous ne comprenez pas toutes les deux ? C'est l'occasion pour Lia de lui en mettre plein les yeux avec sa cuisine et de le faire passer pour un salaud fini devant sa copine quand elle apprendra qu'il fait fermer cet endroit. C'est génial ! »

Ou je peux tout simplement aller là-bas et lui mettre un grand coup derrière la tête avec cette poêle. L'idée la séduisait plus qu'elle ne voulait bien l'admettre. Elle fit tourner la poêle dans sa main et elle évalua les conséquences de ses actes.

Malheureusement, le plan de Dax était meilleur. « Ok, d'accord, laisse-le manger. En fait je vais leur préparer un cadeau spécial, à sa copine et lui. Luis, reprend le poste des pâtes. »

Dax retourna dans la salle à manger en toute hâte tandis que Julia suivait Lia jusqu'à un petit plan de travail. « Qu'est-ce que tu as en tête ? »

Lia tenait deux grosses crevettes. « Je sais de source sûre

que M. Kelly n'est pas fan des crevettes. Peut-être qu'il est temps que je lui fasse changer d'avis. »

****

« Alors qu'est-ce que tu penses de cet endroit jusqu'ici, Vanessa ? », demanda Adam au moment où le serveur débarrassa les assiettes de leur *prima*.

Elle essuya les coins de sa bouche avec une serviette avant de répondre avec son accent anglais prétentieux : « Je le décrirais comme audacieux et inventif. »

« Dis-moi ce que tu penses vraiment. »

Tous les masques tombèrent et la critique culinaire assise à côté de lui se détendit pour redevenir la fille originaire d'Ipswich avec qui il était devenu ami à Oxford quelques années plus tôt. « C'est super bon, voilà ce que c'est. J'ai presque besoin d'une clope après ce risotto orgasmique. Où tu as trouvé cet endroit ? Ça devrait être un restaurant incontournable pour tous ceux qui viennent à Chicago. »

Adam se trémoussa sur sa chaise. S'il pouvait survivre à cette conversation sans avouer qu'il était en train de faire fermer la La Arietta, il faudrait qu'il aille acheter un ticket de loterie. « Cet immeuble m'appartient, tu te souviens ? »

« Eh bien ouvrir ce restaurant était un idée brillante. » Elle fouilla dans son sac à la recherche d'un tube de rouge à lèvres et d'un miroir. « Fais tout ce que tu peux pour garder la propriétaire de ce restaurant parce qu'elle va devenir une star dès que j'aurais écrit ma critique. »

Il croisa les mains et jura entre ses dents. « En fait, Amadeus Schlittler va bientôt ouvrir un restaurant ici. »

Vanessa se figea, son bâton de rouge à lèvres en suspens devant sa bouche. « Je t'en prie, dis-moi que tu plaisantes. »

Avant qu'il ait une chance de répondre, deux serveurs

arrivèrent avec le plat de viande. Vanessa, obéissant à ses instincts de gourmet, avait demandé qu'ils commandent cinq plats afin qu'ils puissent tous les goûter. Adam avait veillé à ce que le poulet Milano de Lia soit l'un d'entre eux.

Vanessa posa son rouge à lèvres et remit sa serviette sur ses genoux ; mais son regard furieux restait encore bien présent. « Adam ? »

Il planta sa fourchette dans son filet mignon et il commença à découper celui-ci, son couteau glissant dans la viande comme dans du beurre. « Tu devrais essayer le poulet. »

« Adam ? » Sa voix ressemblait à un grognement féroce, celle qu'elle réservait aux moments où quelqu'un se mettait entre elle et sa nourriture. Sa capacité à conserver une silhouette aussi mince le stupéfiait.

« Je peux te servir un autre verre de vin ? »

Elle lui prit la bouteille des mains. « Mais putain, à quoi tu penses ? »

Il posa ses couverts sur son assiette et il se pencha en arrière. Il avait perdu la bataille. « Il attirera plus de monde que la propriétaire actuelle. Si je peux faire en sorte qu'il vienne ici, alors je pourrai augmenter le loyer des autres espaces de cet immeuble. »

« Amadeus Schlittler est un parfait connard qui a perdu toute sa créativité culinaire il y a plusieurs dizaines d'années. Je n'irais pour rien au monde dans un de ses restaurants, même si c'était le dernier endroit sur Terre servant des plats chauds. » Elle vida la bouteille dans son verre et prit une grande gorgée. « Tu es un putain d'idiot si tu penses que tu ferais mieux de fermer cet endroit pour lui. »

Il ferma les yeux et prit une grande inspiration. Vanessa

venait juste de confirmer le doute qui l'avait consumé toute la semaine précédente. « Alors qu'est-ce que tu me conseilles de faire ? »

« Dis à Schlittler d'aller se faire voir et épouse cette déesse. » Elle prit une bouchée de poulet Milano et poussa un gémissement de pur plaisir qu'aucun de ses amants n'avait probablement jamais été capable de lui arracher. « Je suis sérieuse. »

Si elle savait à quel point elle avait visé juste. Il ne comptait plus le nombre de fois où il avait sorti son téléphone pour fixer le numéro que Lia avait enregistré le dimanche précédent. Le problème était qu'il ne savait pas quoi lui dire si elle répondait. Et tout cela n'avait rien à voir avec les affaires. « Je pense que c'est un peu tard pour ça. Elle me déteste. »

« Qu'est-ce qui peux bien te faire penser ça ? », dit une voix familière derrière lui. Il se retourna et vit Lia, tenant une petite assiette dans ses mains.

Sa langue trébucha dans sa bouche comme s'il était un étudiant ivre. Heureusement, Vanessa vint à son secours. Elle tendit la main à Lia, et son accent prétentieux fit son retour. « Vous devez être le génie derrière tous les plats délicieux qu'on nous a servis ce soir. »

« Oui, c'est moi. Merci. » Lia serra la main de Vanessa, mais elle restait froide et distante. Son regard glissa vers Adam, puis elle ajouta : « Je suis ravie de voir que tu as apprécié ton repas. »

Il fut impossible pour ce dernier de ne pas remarquer le message caché derrière ses paroles. Si elle voulait lui faire savoir que sa cuisine était excellente, elle le lui avait prouvé le week-end précédent. La salle à manger remplie ne faisait que confirmer son talent.

« Et qu'est-ce qu'on a ici ? », demanda Vanessa en montrant du doigt l'assiette qui se trouvait dans les mains de Lia.

« C'est un nouveau plat sur lequel je suis en train de travailler. Je pensais vous le faire essayer en premier pour que vous me disiez ce que vous en pensez. » Elle plaça l'assiette avec deux petits moulins à vent bruns-dorés devant lui, puis elle attendit.

Vanessa n'attendit pas pour goûter, et elle fit l'éloge du plat avec un autre de ses gémissements de chaton à consonance sexuelle. « Oh mon Dieu, Adam, tu dois absolument goûter ça. »

Lia croisa les bras et releva son menton comme si elle le mettait au défi de prendre une bouchée.

Il prit sa fourchette sans jamais quitter la jeune femme des yeux, et il l'appuya sur l'autre moulin à vent. L'extérieur croustilla, ce qui lui indiqua que le plat était frit, mais l'intérieur était doux et chaud. Il prit une bouchée. La riche farce moelleuse était un mélange de ricotta crémeuse, d'ail rôti et d'une pointe de quelque chose de doux qu'il n'arrivait pas à reconnaître. À présent il comprenait pourquoi Vanessa avait récompensé le plat par un de ses gémissements qui constituaient sa signature. C'était merveilleux. Il dévora le reste en trois bouchées rapides.

« Tu aimes ? », demanda Lia en souriant d'un air suffisant.

Il toussa et s'essuya la bouche avec sa serviette. « Oui, c'est très bon. Mais ça tu le sais déjà. »

Son sourire s'élargit. « Et maintenant toi aussi, tu le sais. Bonne soirée. »

Au moment où elle se retourna pour partir, Vanessa l'arrêta. « Un instant s'il vous plait. Comment vous appelez cette merveille ? »

Lia le regarda droit dans les yeux et répondit : « *Lasagne fritti con gamberi e aragosta.* ». Elle retourna dans la cuisine avant qu'il ait l'occasion de lui demander de traduire.

Vanessa plongea dans le plat suivant. « Putain, absolument brillant. »

Il prit une gorgée de vin pour apaiser le chatouillement dans sa gorge, puis il se félicita d'avoir réussi à se sortir d'une situation embarrassante. « Ça s'est bien passé. »

« Oui, si tu mets de côté le moment où elle m'a regardé comme si elle voulait m'embrocher. » Vanessa retourna son attention vers le poulet et en prit une autre bouchée. « Pourquoi est-ce que j'ai la vague impression qu'il y a plus entre vous que ce que tu me dis ? »

Il sentit des démangeaisons dans sa nuque. « Parce que c'est le cas. »

« Lâche le morceau. » Vanessa mâcha et attendit, son couteau et sa fourchette toujours dans ses mains.

« C'est un peu une série d'erreurs. »

« Laisse-moi deviner - tu as couché avec elle et tu ne savais pas que c'était une de tes locataires. »

Maintenant les démangeaisons s'étaient déplacées entre ses omoplates. Il se frotta le dos contre sa chaise. « Pas tout à fait, mais pas loin. »

« Pas loin de quoi ? Pas loin parce que tu as couché avec elle ? Ou pas loin parce que tu ne savais pas qui elle était ? »

« Les deux. »

Le couteau et la fourchette tombèrent dans l'assiette de Vanessa avec un bruit métallique. « Tu t'es mis dans un sacré pétrin, pas vrai ? » Elle croisa ses bras sur la table. « Qu'est-ce que tu vas faire maintenant ? »

Il planta ses doigts dans les paumes de ses mains pour s'empêcher de griffer ses cuisses qui le démangeaient affreusement. Être examiné à la loupe par une de ses plus vieilles amies alors qu'il était dans un costume en laine était tout sauf confortable. « Qu'est-ce que je peux faire ? Je ne peux pas mélanger les affaires et le plaisir. »

« Ne fais pas ton timoré. Tu sais aussi bien que moi que tu n'as jamais été quelqu'un qui suit les règles. »

« C'était le cas avant, et maintenant c'est comme ça. » Il se balança pour soulager la sensation de brûlure dans le bas de son dos. « Je ne pense pas qu'elle voudra avoir quoi que ce soit à voir avec moi, sauf si je lui promets qu'elle gardera son restaurant. »

« Et en quoi ce serait une mauvaise chose ? Réfléchis, Adam. Tu aurais toujours une chef merveilleuse qui travaille ici, et tu coucherais avec une fille qui est bien au-dessus de ce que tu mérites. »

« Et comment est-ce que je saurais qu'elle ne m'a pas juste utilisé pour obtenir ce qu'elle voulait ? » Les démangeaisons étaient quasiment devenues insupportables. Il laboura son bras avec ses ongles en priant pour que son calvaire se termine rapidement.

Vanessa fronça les sourcils. « Tout va bien ? »

« Non, j'ai l'impression d'avoir une armée de fourmis rouges qui me dévorent. » De la sueur perla sur son front. Si cela ne s'arrêtait pas rapidement, il risquait d'arracher tous ses vêtements, juste pour obtenir un peu de soulagement. « La seule fois où je me suis senti comme ça, c'était quand j'ai eu de l'urticaire après avoir mangé des crevettes. »

Vanessa écarquilla les yeux et sa respiration se fit saccadée. « Je ne savais pas que tu étais allergique aux crevettes. »

Il s'interrompit au moment où Vanessa plongea la main dans son sac à main. « De quoi tu parles ? »

« En italien, *gamberi* veut dire 'crevettes'. Le plat qu'elle a préparé pour nous - c'était des lasagnes frites avec des crevettes et du homard. »

« Fais-moi voir ta glace. » Elle lui tendit l'objet et il observa son reflet sous la lumière tamisée. Ses lèvres étaient déjà en train de gonfler et des taches apparaissaient sur ses joues et sur son cou. « Cette espèce de sale petite vicieuse - »

« Ne t'emballe pas. Même moi je ne savais pas que tu étais allergique aux crevettes et je te connais depuis des années. Je ne pense pas qu'elle t'en ait donné volontairement. » Vanessa lui tendit une petite pilule blanche. « Maintenant, prends ça avant que ta gorge ne gonfle et que tu arrêtes de respirer. »

Il avala la pilule et sortit plusieurs billets de cent dollars de son portefeuille - une somme plus que suffisante pour couvrir l'addition et laisser un bon pourboire au serveur. « J'ai besoin de l'EPI Pen que j'ai dans ma boîte à gants. »

« Je suis plus que d'accord. Tu deviens tout bouffi. » Elle posa sa serviette et poussa un soupir nostalgique. « C'est une honte de laisser toute cette nourriture merveilleuse. »

Adam se leva et desserra son col. « Je te ramènerai ici. »

« Alors je suppose que ça veut dire que tu ne fermeras pas cet endroit. » Elle fit un grand sourire et se leva de sa chaise, passant son bras sous celui d'Adam. « C'est la meilleure nouvelle que j'ai entendue de toute la soirée. »

Il aurait été d'accord avec n'importe quoi tant que cela signifiait la fin de ses démangeaisons. Il pria juste pour que Vanessa ait raison et pour que Lia n'ait pas agi en toute connaissance de cause.

****

Lia vérifia la pile de tickets de caisse reliés entre eux par un trombone, puis elle saisit les chiffres sur sa feuille de calcul. Les ventes de la soirée avaient été supérieures à la normale, mais en même temps toutes les tables n'avaient pas commandé cinq plats comme Adam et sa petite amie.

Elle ferma le poing, elle détestait les pointes de jalousie qui la tiraillaient quand elle les imaginait tous les deux ensemble. Il était évident qu'ils étaient ensemble depuis longtemps à la manière dont chacun mangeait dans l'assiette de l'autre, et aussi à la manière dont ils étaient partis en se tenant le bras. La seule consolation qu'elle avait, c'était qu'Adam n'était pas différent de Trey et qu'elle était mieux sans un connard comme lui menant une double vie.

Au moins, elle lui avait prouvé ce qu'elle voulait lui prouver. Il avait même fait l'éloge de son plat aux crevettes devant sa petite amie. Elle cliqua sur sa feuille de calcul et elle examina les chiffres. Peut-être que si elle proposait de payer le double, ou peut-être même le triple de son loyer actuel, peut-être qu'il la laisserait rester. Cela voudrait dire qu'elle resterait un peu plus longtemps chez sa mère, mais cela en valait la peine si grâce à cela elle pouvait garder la La Arietta.

Elle lança les tickets de caisse sur son bureau et elle se recula dans sa chaise. Peu importe les solutions qu'elle trouvait, cela la ramenait toujours au fait qu'Adam devait la choisir elle et non Amadeus Schlittler. Heureusement, la suggestion de Dax impliquant qu'elle couche avec lui était hors de propos, surtout maintenant qu'elle savait qu'il avait déjà une petite amie. Elle avait été tentée de tout dire sur le comportement d'Adam sur le bateau le week-end précédent à la superbe Anglaise, puis elle avait réfléchi. La dernière chose dont elle avait besoin, c'était de provoquer une scène dans son restaurant.

Un craquement se fit entendre à l'autre bout de la cuisine et Lia arrêta de respirer. Tout le monde était parti une bonne demi-heure plus tôt et elle avait fermé les portes derrière eux. Elle tendit la main sous son bureau pour prendre la batte des Louisville Slugger qu'elle gardait cachée pour des situations de ce genre, puis elle jeta un œil à travers la porte entrouverte.

Une ombre se déplaçait dans la cuisine et se heurta à la station de travail métallique du poste de préparation des salades. Un faible grognement brisa le silence.

Elle raffermit sa prise sur la batte. Non seulement son bureau était la seule pièce éclairée de tout le restaurant, mais il s'agissait également de l'endroit où se trouvait le coffre-fort. Peu importe de qui il s'agissait, cette personne serait attirée par cet endroit.

L'ombre se rapprocha. C'était un homme qui devait probablement mesurer plus d'un mètre quatre-vingt, d'une carrure moyenne. Elle nota cela dans sa tête afin de pouvoir donner une description à la police dans le cas où il s'enfuirait. Évidemment, il devrait déjà survivre à son swing digne d'un home run.

Elle leva la batte au niveau de son épaule et elle attendit. La porte s'ouvrit à la volée et elle frappa avec sa batte comme Sammy Sosa face à une balle rapide. Elle atteignit l'homme au ventre, le faisant tomber à genoux. Elle suivit par un coup net qui le cloua au sol. « Ça t'apprendra à entrer par effraction dans mon restaurant. »

Mais au lieu d'un gamin avec un masque de ski, son intrus portait un costume sombre.

La batte glissa de ses mains, et un chapelet de jurons en italien sortit de sa bouche. « Mais qu'est-ce que tu fais ici ? »

Adam grogna et roula sur le côté, laissant à côté de lui une flaque de sang sur le sol. « Aux dernières nouvelles, je suis encore le propriétaire de cet immeuble. En plus, ta porte de devant n'était pas fermée à clé. »

Quelques autres mots de cinq lettres sortirent des lèvres de la jeune femme lorsqu'elle s'approcha de lui et qu'elle alla chercher une serviette et un sac de glaçons. À son retour, il avait réussi à s'asseoir. « Laisse-moi regarder. »

Il la repoussa. « Tu as fait assez de dégâts comme ça. »

Elle alluma la lumière et examina ses blessures de plus près. Son nez saignait et ses yeux étaient bouffis. Des éruptions cutanées marbraient son visage et ses mains. « Je veux bien prendre la responsabilité pour le nez, mais pas pour ça. »

Il se leva lentement, grimaçant à chaque centimètre, mais il refusa son aide. « Tes *gamberi* sont les coupables pour l'urticaire. »

Merde ! Si elle avait su qu'il était allergique aux crevettes, elle ne lui en aurait jamais données. Son désir de l'impressionner avec sa cuisine s'était retourné contre elle dans des proportions épiques.

Il lui arracha la serviette des mains et il boita jusqu'à un des plans de travail, en se penchant sur ce dernier en essayant d'arrêter le filet de sang qui sortait de ses narines.

« Pourquoi tu as une batte de baseball dans ton bureau ? »

« Je suis souvent ici toute seule en fin de soirée. C'est plus sûr qu'une arme à feu. »

« Surtout avec un swing comme le tien. » Il pinça son arête nasale et il siffla. « Je pense que tu l'as cassé. »

« J'en doute sérieusement. Maintenant arrête de pleurnicher et met de la glace dessus. » Elle poussa un soupir de soulagement en voyant que son nez avait toujours un profil parfaitement droit. « Bon, revenons à ma première question - qu'est-ce que tu fais là ? »

Il appuya le sac de glaçons sur son nez, étouffant ses mots. « Je voulais savoir pourquoi tu m'avais donné quelque chose dans lequel il y avait des crevettes. »

« Je ne savais pas que tu étais allergique aux crevettes. Je croyais juste que tu n'aimais pas ça, et je voulais te prouver que je pouvais créer un plat qui en contenait que même toi tu aimerais. » Elle sentit son cœur battre dans sa tête comme si c'était elle qui avait reçu le coup de batte. Au lieu d'aider sa cause, elle avait empiré les choses. « Je suis désolée pour l'urticaire. »

Il baissa suffisamment le sac de glaçons pour révéler un œil injecté de sang. « Mais pas pour l'attaque aggravée. »

Toute la compassion qu'elle commençait à ressentir pour lui disparut au moment où une nouvelle vague d'indignation parcourut sa colonne. « Et comment j'étais censée savoir que c'était toi ? Tu aurais au moins pu annoncer ta présence ou quelque chose de ce genre. Tu sais, un petit 'Salut, je ne suis pas un cambrioleur qui rentre par effraction dans ton restaurant pour te voler et te violer.' Et ensuite, autant que je sache mon nom est encore sur le contrat de sous-location, ce qui ne te donne pas l'autorisation d'aller et de venir à ta guise. »

« Tu marques un point, même si ta porte de devant n'était pas fermée à clé. » Il remit le sac de glaçons en place de manière à ce que ce dernier couvre de nouveau ses yeux. « Si j'ose encore venir ici après les heures d'ouverture, je porterai une protection rembourrée. »

« Oh, allez, ne me dis pas que tu n'as jamais été blessé de temps en temps quand tu étais petit. Je sais que tu as six frères. »

« Oui, mais je suis l'aîné, ce qui je veux dire que j'étais toujours plus grand qu'eux. » Il fit une pause avant d'ajouter : « Du moins jusqu'à ce qu'on aille au lycée. »

Elle couvrit sa bouche pour étouffer le gloussement qui naquit au moment où elle imagina ses six frères s'alliant contre lui. Sa colère s'évanouit. Elle baissa le bord du sac de glaçons et ses yeux rencontrèrent les siens. « La prochaine fois, je promets de ne pas frapper aussi fort si je sais que c'est toi », le taquina-t-elle.

Les coins des yeux d'Adam se plissèrent. « Pas aussi fort, hein ? »

Elle arbora un large sourire et elle acquiesça, puis elle lâcha le sac en plastique froid pour aller s'occuper du désordre qu'il avait laissé sur le sol. Après avoir essuyé avec de l'essuie-tout, elle vaporisa la zone avec une solution javellisée. « Alors qu'est-ce que ta petite copine a pensé de la soirée ? »

« Tu parles de Vanessa ? »

« Elle s'appelle comme ça ? » Elle frotta le sol encore plus vigoureusement, s'assurant d'essuyer la moindre goutte de sang.

« Vanessa n'est pas ma petite amie. »

« C'est vrai, parce que tu es trop occupé pour sortir avec quelqu'un. » *Et trop occupé à lécher les bottes d'Amadeus Schlittler pour qu'il prenne mon restaurant.* L'essuie-tout qu'elle utilisait se désintégrait en lambeaux.

« C'est le cas. » Il lança le sac de glaçons dans l'évier. « Vanessa est une vieille amie et elle est critique culinaire pour le *London Times*. Elle faisait du shopping à New York en début de semaine, donc je l'ai emmenée ici ce soir pour voir ce qu'elle pensait de la La Arietta. »

Lia se figea. Une critique culinaire de Londres ? « Est-ce qu'elle a aimé ? »

« Cette femme n'a pas arrêté de s'extasier sur ta cuisine pendant tout le trajet jusqu'à l'aéroport. »

Elle poussa un soupir, arrêtant de retenir sa respiration. Elle s'agenouilla et elle laissa la nouvelle la pénétrer. « Vraiment pas de chance qu'on soit forcé de fermer à la fin du mois prochain. »

« Bon sang, Lia. » Adam fit les cent pas devant elle. « Tu ne vas pas faciliter les choses, pas vrai ? »

« Ce n'est pas moi qui ait emmené dîner une critique culinaire. »

Il s'accroupit devant elle et regarda fixement l'enduit entre les carreaux. « Je me retrouve dans une situation très inconfortable, une de celles où il est possible que je sois obligé de changer mes plans. »

Le cœur de la jeune femme se mit à battre plus vite. « Alors tu vas renouveler mon bail ? »

« Je n'ai pas dit ça. » Il releva brusquement la tête et il la fixa comme si ce regard bleu pénétrant pouvait la faire plier à sa volonté. « Je veux toujours que Schlittler ouvre un restaurant dans une de mes propriétés de Chicago, et rien ne me fera changer d'avis à propos de ça. Cependant, s'il y a un autre endroit qui lui plaît, alors je te laisserai rester. »

« Oh, merci ! » Lia lança ses bras autour de lui, le faisant tomber sur le dos. Il souffla en grognant, lui rappelant les blessures qu'elle avait causées. Elle se redressa sur ses bras. « Oh, désolée. »

Même s'il grimaçait, il l'attira de nouveau contre lui. Son cœur battait à tout rompre sous les mains de la jeune femme. Il dégagea les cheveux qui cachaient le visage de cette dernière et il lui demanda doucement : « Est-ce que tu es toujours aussi dure avec les hommes ? »

Toutes les sonnettes d'alarme dans le corps de Lia se déclenchèrent pour lui dire de s'éloigner tout de suite d'Adam, mais elle continua de réduire l'espace entre eux. « Juste avec ceux qui me rendent folle. »

« J'ai vraiment de la chance. » Il la guida pour combler les quelques centimètres qui les séparaient jusqu'à ce que leurs lèvres se rencontrent. Le baiser fut lent, sensuel et contrôlé. En d'autres termes, différent de ceux qu'ils avaient partagés sur le bateau, mais il avait toujours le même effet étourdissant sur elle.

Il sépara ses lèvres des siennes. « Je n'ai aucune envie d'arrêter, mais le sol d'une cuisine, ce n'est vraiment pas très romantique. »

Elle recula vivement, le visage en feu. Est-ce qu'Adam Kelly était en train de lui faire perdre le peu de sens commun qui lui restait ? Elle lui répondit par un sourire nerveux. « Oui, je suppose que c'est un peu dur et froid. »

Il se leva et il brossa des plis invisibles sur son costume immaculé. « Oui, est-ce qu'il y a un soir plus calme à la La Arietta ? »

Retour aux affaires. C'était probablement ce qu'il y avait de mieux car elle se transformait en une boule d'hormones déchaînées à chaque fois qu'il la touchait. « Pas vraiment. On a été complet tous les soirs ces trois derniers mois. »

« Est-ce qu'il y a un soir où tu pourrais t'échapper du travail ? »

« Je n'aime pas être loin d'ici. » Une tache sur le plan de travail en acier inoxydable attira son regard. Elle saisit un torchon et elle l'essuya sur-le-champ. « J'ai peur que tout aille de travers si je ne surveille pas le moindre détail. »

Il commença à rire, mais il finit par couvrir son nez avec ses mains. « Et moi qui pensait que c'était *moi* l'obsédé du contrôle. »

« La La Arietta est tout ce que j'ai, et je suis la seule responsable de son succès. »

« Mais tu as besoin d'une pause de temps en temps. »

« Oh non, non. » Une éclaboussure de graisse était encore présente sur le côté de la cuisinière, la suppliant de la nettoyer. Elle vaporisa de la solution javellisée dessus, puis elle frotta. « Si je m'éloigne ne serait-ce qu'une seconde, je reviens et c'est un bazar pas possible. »

Adam la saisit par le coude et l'éloigna de la cuisinière. « Alors il n'y a personne en qui tu peux avoir confiance ici ? »

La chaleur de son contact se répandit dans tout son bras, dénouant les muscles de son épaule et lui donnant l'envie de se réfugier dans ses bras. Elle lança un regard en arrière vers la cuisinière pour s'assurer que la graisse était partie. « Eh bien, peut-être que je pourrais faire confiance à Julie, mon second, pendant quelques heures. »

« Ce qui me ramène à ma question d'origine – quelle serait la meilleure soirée pour ton escapade ? »

Sa feuille de calcul apparut dans son esprit avec la liste quotidienne des ventes et des bénéfices. « Je suppose que le dimanche est le soir le plus calme. »

« Bien, parce que j'aimerais t'inviter à sortir. »

Son pouls devint irrégulier. « Tu veux dire comme un rencard ? »

Il pencha la tête sur le côté et fronça les sourcils. « Peut-être pas vraiment un rencard. Peut-être plus comme une occasion de passer du temps seul avec toi et d'apprendre à mieux te connaître. »

Elle fit un grand sourire et se pencha vers lui. « Comme un rencard. »

« Je n'ai pas le temps d'avoir des rencards. »

« Moi non plus. » Elle respira son parfum et elle ferma les yeux. Autant elle adorait la La Arietta, autant l'idée de passer du temps seule avec Adam la tentait suffisamment pour lui donner envie de dire oui. « Dimanche ça me paraît bien. »

« Ça me va aussi. » Sa voix roula, basse et pleine de désir. Il fit courir ses doigts sur sa joue, puis il prit son menton et il releva son visage. Pendant un instant il sembla sur le point de l'embrasser à nouveau. Puis il la lâcha et il recula d'un pas. « Je t'appellerai pour convenir de l'heure et de l'endroit. »

Son estomac était tout chamboulé, mais elle était incapable de dire si cela était dû à l'excitation ou à la nervosité. Peut-être une combinaison des deux.

Il s'arrêta à la porte menant à la salle à manger obscure. « Au fait, je promets d'annoncer ma présence si jamais je décide de te rendre visite après les heures d'ouverture, alors s'il te plaît laisse ta batte dans ton bureau. »

Elle rit de nouveau, cette fois sans aucune nervosité. « Je promets de la laisser sous mon bureau si je sais que c'est toi. »

« Content de l'entendre. » Son sourire se fit plus pensif et sérieux. « À dimanche alors. »

CHAPITRE CINQ

« J'ai besoin de conseils. »

Adam grimaça en prononçant ces paroles. Étant l'aîné, il avait toujours été celui vers lequel ses frères se tournaient quand ils avaient besoin d'un conseil. Et là il était au téléphone avec le cadet, essayant de ne pas avoir l'air trop pathétique.

« Et tu t'adresses à moi ? », demanda Gideon. « Ça doit être plutôt mauvais si tu descends aussi bas sur l'échelle. »

Gideon n'était peut-être qu'à peine assez vieux pour avoir légalement le droit de boire de l'alcool, mais il était celui qui ressemblait le plus à Adam en termes de tempérament. De plus, cela aidait que son plus jeune frère ait la réputation d'être un tombeur grâce à ses films.

« J'ai un rencard dimanche soir - »

« *Tu* as un rencard ? » L'incrédulité transparut dans la voix de son frère. « Monsieur 'Je-suis-trop-occupé-à-sauver-Kelly-Properties-qui-se-trouve-au-bord-du-gouffre-pour-donner-l'heure-à-une-femme' ? »

« Je ne suis pas coincé *à ce point-là* », répliqua Adam, même si sa voix intérieure le traitait de menteur. « Et l'entreprise n'a jamais été au bord du gouffre. »

« On ne sait jamais avec la manière dont tu n'arrêtes pas de parler d'augmentation des dépenses, de baisse des bénéfices et d'économie qui stagne. Ça me rend heureux d'avoir un boulot qui n'est pas touché par la récession. »

« Ouais, je viens juste de voir combien un studio de cinéma était prêt à te payer pour que tu marches torse nu pendant deux heures. »

« Hey, je ne suis pas qu'une belle gueule. En fait c'est un rôle sérieux pour une fois, et j'ai hâte de relever le défi » Gideon changea rapidement de sujet. « Alors, revenons à ce soi-disant rencard. »

« J'ai rencontré cette femme et elle est enfin d'accord pour sortir avec moi - »

« Enfin d'accord ? » Un rire traversa la ligne. « Tu dois avoir perdu ton 'truc' avec les femmes à force de passer tout ce temps au bureau si tu dois ramer pour en convaincre une de sortir avec toi. »

« Est-ce que tu veux bien me laisser finir sans m'interrompre, s'il te plaît ? » Adam se leva et fit les cent pas devant le mur de fenêtres de son bureau. Le centre-ville de Chicago semblait si calme et tranquille vu de là-haut, donc très différent du méli-mélo de nerfs qui formait des nœuds dans son estomac. « Ok, j'admets que ça fait un bout de temps que je ne suis plus dans tous ces trucs de drague, j'ai besoin d'aide pour l'impressionner. »

« Et le nom de famille des Kelly ne suffit pas ? »

« Pas avec elle. Au contraire, ça me met au niveau du chien. »

Gideon émit un faible sifflement. « Qu'est-ce que tu as fait ? »

« Je ne veux pas en parler. »

« C'est toi qui m'a appelé pour obtenir des conseils. »

Adam s'arrêta et passa sa main dans ses cheveux. « Ok, bien, je vais le faire. Le timing n'est pas parfait mais c'est... » La chimie ? Les étincelles ? La manière dont elle envahissait ses pensées pendant des jours après l'avoir vue ? « L'attirance est définitivement là. »

« Je t'en prie, dis-moi qu'elle est plus séduisante que cette espèce de Barbie peroxydée et pleine de silicone qui met Caleb dans tous ses états. »

Les lèvres généreuses et les yeux verts séduisants de Lia remplirent son esprit, et son pantalon devint inconfortable, trop serré. « Beaucoup plus jolie. »

« Et elle est attirée par un vieux comme toi ? »

Si sa réponse à son baiser était un indice, alors oui. La manière dont elle avait bougé contre lui sur le sol de la cuisine la nuit précédente lui avait donné envie d'arracher leurs vêtements et de terminer ce qu'ils avaient commencé sur le bateau le week-end précédent. « Quasiment sûr. Heureusement, il reste encore quelques dents dans la bouche du vieillard que je suis. »

Un autre rire secoua Gideon. « Alors pourquoi tu as besoin de mon aide ? »

« Parce qu'il y a eu des contretemps les quelques fois où j'ai été avec elle, et j'ai le sentiment qu'après le troisième essai je serai hors-jeu. Alors c'est pour ça que je veux que notre premier rencard officiel soit parfait. »

« Pourquoi ne pas l'inviter à une soirée en ville ? Emmène-la dans un restaurant chic et à l'opéra, ou quelque chose dans ce genre-là. »

Adam sortit un stylo et nota l'idée de l'opéra. Au moins Lia pourrait comprendre les paroles, contrairement à certaines de ses anciennes conquêtes. « Ok, mais je veux faire quelque chose de plus que le truc du restaurant. C'est un sujet sensible en ce moment. »

« Maintenant je suis intrigué. Qu'est-ce qu'il y a chez cette femme qui te donne envie de te surpasser ? »

La question de Gideon le laissa perplexe un instant. Il s'enfonça dans son fauteuil de bureau et il frotta son menton. Il était sorti avec plein de femmes au fil des ans, il avait eu des aventures qu'il avait regrettées ensuite, et il avait même eu le cœur brisé quelques fois au lycée et à l'université. Mais il n'avait jamais connu l'attirance, l'envie dévorante et le vif désir qui le parcouraient à chaque fois qu'il était près de Lia.

Sa bouche devint sèche lorsqu'il dit d'une voix rauque : « Disons juste que j'ai vraiment envie de voir où vont les choses avec elle. »

« Putain, tu es vraiment accroché. Tu n'as pas déjà commencé à chercher des noms pour vos futurs enfants ou des trucs dans le genre, pas vrai ? »

« C'est juste un rencard, pas une demande en mariage. En plus, je ne suis pas sûr de vouloir des enfants. »

« Dit le mec qui conduit une Volvo », le taquina Gideon. « Dis-moi son nom au moins. »

Quel mal pourrait-il y avoir à cela ? « Lia. »

« Celle que maman t'a ramenée d'une vente aux enchères ? »

Apparut un nouveau niveau de mortification qui serait sans aucun doute suivi par des mois de moqueries de la part de ses frères. « Ce n'est pas ce qui s'est passé. »

« Ce n'est pas ce que dit Caleb. Il a dit que tu ne pouvais pas t'empêcher de poser tes mains sur elle et que Bob, de la patrouille du lac, s'était même arrêté le lendemain pour s'excuser de vous avoir fait peur à ta copine et à toi quand vous étiez sur le bateau de maman. »

Adam fit courir son doigt le long de son col. Formidable. Maintenant tout le monde sur les rives du lac Léman savait probablement comment sa quasi-relation sexuelle s'était transformée en un échec phénoménal. « Est-ce qu'on pourrait s'il te plaît revenir au fait de m'aider à l'impressionner ? »

« J'ai l'impression que vous avez juste besoin d'aller dans un endroit un peu intime. Pourquoi ne pas simplement passer la phase de la cour et ne pas l'inviter chez toi ? »

« Ça semblerait peut-être un peu trop cavalier. »

« Et qu'est-ce qui s'est passé sur le bateau alors ? »

Le son d'une bagarre suivi par des voix étouffées interrompit la conversation. Puis Sarah, l'assistante de Gideon, entra dans la discussion avec son sens pratique habituel. « Adam, je n'arrive pas à croire que tu demandes des conseils à ce Roméo-là, laisse-moi te donner une petite astuce pour qu'il puisse retourner sur le plateau où on l'attend depuis cinq minutes. Toutes les femmes aiment qu'on fasse attention à elles. Si tu cherches juste un coup rapide, alors suis les conseils de ton frère et emmène-là à l'opéra. Si tu cherches quelque chose de plus, alors essaye de te renseigner sur ses centres d'intérêt pour pouvoir les partager avec elle. Ça t'aide ? »

« Peut-être. » Lia avait dit que la cuisine était sa passion. S'il pouvait lui montrer qu'il s'intéressait à la même chose en lui préparant un dîner... « C'est le moment de prendre un cours accéléré d'arts culinaires. »

« Combien de temps tu as avant ce grand rendez-vous ? »

« C'est dimanche. »

« Alors je te suggère de regarder Food Network en non-stop. » Quelques chuchotements étouffés suivirent avant que Sarah ne reprenne la parole. « Je vais dire à Gideon de te rappeler une fois qu'ils auront fini le tournage d'aujourd'hui. »

Puis le téléphone émit un cliquetis et la conversation fut terminée.

Adam reposa son téléphone sur son bureau et se passa les doigts dans les cheveux. Il avait une autre chance avec Lia, et il espérait de tout son cœur ne pas se faire d'illusions ni de fausses idées.

****

« Tu as une minute ? »

Lia sursauta sur son fauteuil avant de se retourner pour cacher l'écran de son ordinateur. Elle était tellement absorbée dans un article sur ce que les hommes aiment pendant le sexe qu'elle n'avait pas entendu Julie s'approcher de son bureau. « Heu, oui bien sûr. »

Julie jeta un regard autour d'elle, un petit rictus sur les lèvres. « 'Comment rendre un homme fou au lit', hein ? Je suppose que ça n'a rien à voir avec le fait que tu m'aies demandé de m'occuper de la cuisine un deuxième dimanche d'affilée ? »

Lia sentit ses joues la brûler, mais elle se força à sourire. « Peut-être. »

« Laisse-moi deviner - le costume a appelé après avoir apprécié le dîner que tu as préparé pour lui et sa copine hier soir et il t'a invitée à sortir ? » Julie croisa les bras et s'appuya sur l'encadrement de la porte.

« Ce n'était pas sa copine. C'était une critique culinaire de Londres. » Lia appuya sur le bouton de mise sous tension de son écran avant que Julie ne puisse en lire davantage. « Et il s'est arrêté ici hier soir après qu'on ait fermé et il m'a invitée à sortir. »

« Et tu vas suivre les conseils de Dax et le séduire pour qu'il te laisse garder ton bail ? »

« Oh mon dieu, non. »

« Alors pourquoi tu lis des conseils sur *Cosmo* ? »

« Parce que... heu, merde. » Elle se renfonça dans son fauteuil. « Je n'aurais jamais dû accepter ce rendez-vous parce que peu importe ce qui se passe, il y a toujours cette histoire de bail. »

« Ouais, c'est le problème quand on mélange les affaires et le plaisir. » Julie tira une chaise de remplacement pour la salle à manger qui se trouvait dans le couloir, et elle s'assit. « Même si le rencard connaît une fin heureuse, il se demandera si tu couches avec lui pour sauver le restaurant. »

« Je ne ferais jamais quelque chose comme ça. »

« Je le sais. Tu le sais. Mais lui ? »

Il avait été bien trop simple de capituler face à son baiser le soir précédent. S'ils n'avaient pas été dans la cuisine, elle aurait probablement fini nue et totalement satisfaite. Et qui disait qu'elle ne finirait pas ainsi dimanche soir ? « Il y a des chances pour que tu puisses appeler en disant que je suis malade dimanche pour que je puisse revenir sur mon engagement avec dignité ? »

Le sourire de Julie s'élargit, mais elle secoua la tête. « J'ai hâte d'être la chef presqu'autant que tu as hâte de passer une nuit à faire des galipettes. »

« Putain. » Elle desserra sa queue de cheval et peignit ses cheveux avec ses doigts, laissant cette tâche automatique calmer ses nerfs éreintés. « Bien. Je suis une adulte. Je peux dîner avec Adam Kelly sans que les choses ne deviennent incontrôlables. Et puis il n'y aucune raison pour qu'il pense que j'échange du sexe contre le bail. »

« C'est une bonne idée. » Julie se leva de sa chaise et emporta cette dernière avec elle. « Bien, si une chose en entraîne une autre, essaye de mordiller son oreille. Je n'ai jamais rencontré un mec qui ne devienne pas gaga après ça. Mais le truc de griffer tout son dos avec tes ongles ? C'est totalement surfait. »

Lia attendit d'être de nouveau seule avant de rallumer l'écran de son ordinateur. Peut-être qu'elle avait mal interprété tout cela. Peut-être qu'il voulait simplement dîner et discuter. Peut-être que c'était elle qui ne pouvait pas contrôler ses hormones quand il était là et que c'était elle qui brûlait les étapes.

Mais une chose était sûre - elle ferait savoir à Adam qu'elle n'utilisait pas le sexe pour obtenir quelque chose pour la La Arietta.

CHAPITRE SIX

« Je n'ai pas l'intention de coucher avec toi pour garder mon restaurant », dit Lia dans un souffle avant que son courage ne la quitte.

Adam fronça un sourcil. « Ravi de savoir qu'on est sur la même longueur d'ondes. » Il ouvrit la porte en grand et la fit entrer dans son appartement situé sur Lakeshore Drive. « Mais j'ai l'impression que tu brûles un peu les étapes, non ? »

Merde !

L'idée de faire demi-tour et de partir en courant vers l'ascenseur semblait plus séduisante à chaque seconde. Elle baissa les yeux et il avança juste suffisamment pour pouvoir fermer la porte derrière elle. « Désolée, Adam. C'est juste que quand tu m'as invitée chez toi, la première chose qui m'est venue à l'esprit c'était que - »

« Que j'allais essayer de te mettre dans mon lit en utilisant ton restaurant comme moyen de pression ? » Il s'attarda à la porte, la main toujours sur la poignée. Ses lèvres étaient serrées, sa bouche formant une ligne fine. « Je constate que je t'ai déjà fait une impression positive. »

« Non, ce n'est pas ça, c'est juste que - », elle leva les mains en l'air. « Je ne sais pas à quoi je pensais. Je veux dire, si tu voulais seulement du sexe, je n'aurais pas accepté de dîner avec toi pour commencer, mais je - »

Un grésillement provenant de la cuisine interrompit sa logorrhée. Elle renifla et elle reconnut des odeurs de cumin fumé et de poivre noir roussi. « Tu es en train de préparer le dîner ? »

« Oh merde, ça brûle. » Adam se rua dans la cuisine en passant devant elle et il retourna la bavette qui était en train de cuire sur le gril d'intérieur. Il poussa cette dernière avec des pinces. « Tu penses que ça ira ? »

Elle entra et, se plaçant à côté de lui, elle examina la viande. Tout ce qu'il avait mis dessus, quoi que cela puisse être, avait l'air un peu carbonisé, mais tout ce qui se trouvait en-dessous avait l'air bien. « Je pense que c'est encore mangeable. »

« Il y avait ce marathon Bobby Flay sur Food Network hier, et j'ai cru en quelque sorte que je pouvais me transformer en super chef rien qu'en le regardant. »

Elle rit et elle lui prit les pinces des mains pour déplacer la bavette vers le bord du gril, là où la chaleur était moins intense. « Tu as déjà cuisiné avant ? »

« Juste des trucs tout-prêts à réchauffer. » Il lui arracha les pinces des mains avec un grand sourire malicieux, la déplaçant d'un coup de hanche. « Je suis un homme. Faire griller des animaux morts, c'est inscrit dans mon ADN. »

« Alors ne me laisse pas me mettre entre toi et toutes ces informations secrètes encodées dans ton chromosome Y », dit-elle en continuant de se dire que ce début de soirée était le plus étrange qu'elle ait connu d'aussi loin qu'elle s'en souvienne. « Pourquoi tu as décidé d'opter pour le gril alors qu'on aurait facilement pu aller manger dehors ? »

« Est-ce qu'essayer de t'impressionner serait une explication suffisante ? » Il donna un petit coup à la viande avec les pinces sans lever les yeux. « J'ai juste pensé que ce serait agréable pour toi que quelqu'un te fasse à manger, pour changer. »

Une lueur chaude s'alluma près du cœur de la jeune femme et se répandit rapidement dans toute sa poitrine. « C'est vraiment adorable de ta part. » Elle jeta un regard sur les ingrédients éparpillés sur le plan de travail. « Et ambitieux. »

« Est-ce que tu as manqué le mémo qui dit que j'obtiens toujours ce que je veux ? »

Le grand sourire d'Adam répondit au sien. S'il s'agissait du seul côté d'Adam qu'elle connaissait, il serait extrêmement simple de lui succomber. Il était intelligent, drôle, sexy en diable - toutes ces choses qui pousseraient n'importe quelle femme à se précipiter pour l'attraper comme s'il s'agissait d'une super affaire au moment des soldes. Si seulement elle pouvait oublier qu'il tenait le futur de la La Arietta entre ses mains.

« Est-ce que je peux faire quelque chose pour t'aider ? » Elle commença à nettoyer les déchets qui se trouvaient sur le plan de travail.

Il délaissa le gril et trouva une excuse pour l'éloigner du désordre. « Oui, tu peux prendre une bouteille de vin pour accompagner le dîner. »

« Et qu'est-ce qu'il y a au menu ce soir ? », demanda-t-elle, même si elle en avait une vague idée grâce aux restes de coriandre et de persil qu'elle venait juste de nettoyer.

« De la bavette avec une sauce *chimichurri*, des légumes grillés et de la purée de pommes de terre. »

« Ça m'a l'air délicieux. » Elle sonda la cuisine et elle vit que le four était allumé et qu'une marmite, dont le couvercle tremblait à cause de la vapeur qui s'en échappait, se trouvait sur la cuisinière. Tout semblait sous contrôle. « Où est le vin ? »

Il montra l'armoire vitrée qui se trouvait à côté d'une grande table en bois dans la pièce voisine. « Prends ce que tu veux. »

Lia resta bouche bée en inspectant le contenu de l'armoire à vins. Adam avait un goût excellent pour ces derniers. Ils étaient chers, mais très bons. Elle se décida pour un Malbec argentin qu'elle ouvrit dans la cuisine. Il avait un arôme de cerises noires, suivi par un arrière-goût de poivre noir sur la fin. « Parfait. »

Adam prit une gorgée dans le verre qu'elle lui tendit et il hocha la tête en signe d'approbation. « Excellent choix. »

« J'aime penser que je connais une chose ou deux quand il s'agit d'assortir le vin et la cuisine. » Elle s'assit sur le tabouret de bar situé de l'autre côté du gril. « Tout sent délicieusement bon. »

Il lui offrit un sourire qui ne laissait transparaître que son assurance habituelle. « Merci. Le dîner sera prêt dans quelques minutes. Pourquoi tu ne visiterais pas l'appartement ? »

Il la congédiait de son royaume, mais elle pouvait facilement le comprendre. Elle devenait toujours nerveuse quand quelqu'un regardait au-dessus de son épaule pendant qu'elle était en train de cuisiner.

L'appartement en hauteur d'Adam donnait un sentiment d'ouverture - la cuisine, le salon et la salle à manger donnant tous les uns sur les autres. Un petit balcon surplombait la route, et les voitures qui se trouvaient en-dessous, le long de Lakeshore Drive, clignotaient comme des étoiles. Le sol était recouvert d'un parquet clair, en contraste marqué avec les armoires en bois de cerisier de la cuisine et avec les canapés marron foncé du salon. Le décor était un mélange entre du moderne et des touches masculines. Élégant, mais toutefois suffisamment détendu pour qu'elle puisse imaginer Adam et ses frères en train de regarder des séries sur l'écran plat de soixante pouces.

En d'autres termes, idéal pour un célibataire fortuné.

Elle fit courir ses doigts sur le canapé en cuir soyeux, et elle se rendit soudain compte qu'elle pourrait se sentir bien dans un tel endroit. *Garde la tête froide, Lia. Il t'a invitée à dîner, pas à emménager avec lui.*

L'odeur de quelque chose en train de brûler flotta dans le salon. Lia se retourna pour voir des volutes de fumée noire sortir de la marmite qui se trouvait sur la cuisinière.

Adam lâcha un juron et retira cette dernière du feu à mains nues ; et il se retrouva en train de siffler et de secouer ses doigts quelques secondes plus tard.

« Passe-les sous l'eau froide. » Lia saisit les poignées de la marmite et souleva le couvercle. L'odeur nauséabonde des pommes de terre brûlées se mit à envahir la cuisine. « L'eau s'est évaporée », expliqua-t-elle en portant la marmite au-dessus de l'évier.

« Putain. » Les épaules d'Adam s'affaissèrent au moment où il regarda la catastrophe qui se trouvait dans la marmite.

« Ça m'apprendra à en faire trop pour essayer de t'impressionner. »

Elle posa sa tête sur son épaule. « Tout n'est pas complètement perdu. Il nous reste toujours la viande et les légumes, pas vrai ? »

« Ouais, je suppose. » Il secoua ses mains trempées qui, heureusement, n'étaient pas remplies de cloques. « J'avais tout planifié de manière stratégique pour que tout soit prêt en même temps. »

« La première règle en cuisine, c'est que rien ne se passe jamais comme prévu. » Elle plaça la marmite sous le robinet et elle jeta un œil aux légumes en train de griller dans le four. « Tu as de la semoule de maïs ? »

« Si j'en ai, elle est dans le garde-manger. » Il montra la petite armoire étroite située au bout de la cuisine.

Au bout d'une minute, elle trouva ce qu'elle cherchait. « Où sont tes casseroles ? »

« À côté de la cuisinière. » Il fit des va-et-vient vers le gril, tout en ne quittant pas Lia des yeux. « Qu'est-ce que tu fais ? »

« Je vais faire de la polenta. »

****

Quinze minutes plus tard, Adam avait cessé de s'apitoyer sur son sort. Il sortit la bavette du papier aluminium dans lequel Lia lui avait dit de la placer et il la découpa en deux morceaux. « La bavette est prête. »

Lia amena deux assiettes contenant une bouillie orange foncé. « La polenta aux poivrons rouges grillés aussi. » Maintenant mets juste la bavette dessus, comme ça, et ajoute la *chimichurri*. »

Au moment où il s'exécuta, elle sortit du four le plat

contenant les poivrons, les carottes, les oignons et les champignons grillés. Les parfums le firent saliver. *Au moins, je n'aurais pas raté ça.*

Elle servit les légumes et elle recula avec un grand sourire. « Voilà ! Le dîner est prêt. »

Ce n'était pas la manière dont Bobby Flay avait présenté le plat, mais ça restait joli. Il amena les assiettes sur la table. « Et maintenant, régalons-nous. »

Lia suivit avec le vin et elle servit leurs deux verres avant de s'asseoir à côté de lui. « Merci d'avoir préparé ce repas. »

« Ne me remercie avant d'avoir goûté. » Mais la première bouchée fit disparaître tous les doutes qui auraient pu subsister. La bavette était tendre et moelleuse, et la polenta que Lia avait préparée complétait les épices et la *chimichurri* à la perfection. « Pas mal. »

Elle acquiesça de la tête tout en mâchant. « Pas mal du tout. Tu veux venir travailler pour moi ? »

Il rit et il tendit la main pour prendre son verre de vin. « La chance du débutant. »

« Même, c'est un super démarrage. »

Il s'immobilisa, le verre encore à ses lèvres. Malgré le contretemps dû aux pommes de terre brûlées, son plan faisant une bonne impression, et son premier rendez-vous avec elle se passait bien mieux que ce qu'il avait imaginé. « Merci. Ça veut dire beaucoup venant de toi. »

Le vert des yeux de Lia semblait plus doux qu'avant, ils ressemblaient plus à des herbes printanières qu'à des émeraudes. Elle soutint son regard au-dessus du rebord de son verre tout en prenant une gorgée de vin, et il oublia le repas qui se trouvait devant lui. Il y avait des choses encore plus tentantes qu'il avait bien plus envie de goûter - comme les lèvres de la jeune femme. Mais il se souvint alors des premiers mots qu'elle avait prononcés à son arrivée, et il repoussa ces pensées au fond de son esprit. Même s'il avait très envie d'elle, il ne voulait pas franchir cette ligne avant qu'elle n'ait fait le premier pas.

Il coupa sa bavette alors qu'elle lui demandait à quoi ressemblait le fait de grandir dans une maison avec six frères. Il répondit à ses questions, partageant des histoires à propos de ses exploits et obtenant quelques gloussements en récompense. Mais ce ne fut qu'une fois que leurs assiettes furent quasiment vides qu'il se rendit compte que toute la conversation avait tourné autour de lui. Il n'avait rien appris du tout sur Lia, cependant il lui restait encore du temps pour rectifier la situation.

« La semaine dernière, tu as dit que n'avais pas toujours voulu être chef. Qu'est-ce que tu faisais avant ? »

Elle s'étouffa avec son vin et se couvrit la bouche avec sa serviette, ce qui donna envie à Adam de pouvoir revenir en arrière pour ne pas poser cette question. Lia se racla la gorge. « Je, hum, j'ai un diplôme en administration des affaires. »

Ce n'était pas ce à quoi il s'était tout d'abord attendu, mais plus il réfléchissait à sa réussite avec la La Arietta, plus cela semblait logique. « D'où ? »

Elle fit rouler une carotte sur son assiette avec sa fourchette. « De Harvard. »

Ce ne fut qu'à cet instant qu'il réalisa qu'il ne faisait que commencer à gratter la surface du personnage mystérieux et complexe qu'était Lia Mantovani. « Et comment tu en es arrivée à la cuisine ? »

Elle poussa sa polenta, puis elle en prit une bouchée et

elle reposa sa fourchette sur son assiette. « Je n'ai vraiment pas envie de t'ennuyer avec - »

« J'ai dit que je voulais apprendre à mieux te connaître, tu te souviens ? C'est pour ça que je voulais dîner avec toi, pas parce que j'espérais te mettre dans mon lit. »

Ses mots eurent l'effet qu'il escomptait, et quelques fissurent apparurent dans l'armure de Lia. « Mon père est mort quand j'étais jeune, alors maman devait toujours avoir deux boulots pour subvenir à nos besoins et pour s'assurer que j'aille dans une bonne école, que j'ai des vêtements décents sur le dos, tout en mettant de l'argent de côté pour l'université. Tu vois ? »

Il acquiesça sans un mot, ayant peur qu'à la moindre parole de sa part elle ne se referme sur elle-même.

« Alors quand j'ai cherché quoi faire sur le plan professionnel, j'ai décidé qu'un master serait un bon choix pour avoir un futur solide, et peut-être pour la rembourser pour tous les sacrifices qu'elle avait faits pour moi. J'ai travaillé dur, je suis rentrée dans le programme des MBA de Harvard et j'ai obtenu mon diplôme avec mention. »

Son récit s'arrêta abruptement ; voyant qu'elle ne poursuivait pas, il dit doucement : « Continue. »

« J'ai rencontré un homme avec qui j'étais à Harvard, George Augustus Hamilton, III, aussi connu sous le nom de Trey. Un de ces mecs nés avec une cuillère en argent dans la bouche et qui n'a jamais eu à travailler dur pour obtenir quoi que ce soit. » En disant cela elle ne regardait pas Adam, mais les bouts des oreilles de ce dernier rougirent. « On s'est fiancé tout de suite après avoir obtenu nos diplômes, et on a acheté une petite maison dans le Connecticut. »

Sa voix se brisa, et elle fit courir son doigt sur le bord de son verre de vin. « Trey venait d'une famille aisée, tu vois, et il voulait que je sois comme sa mère et ses sœurs. Une épouse de la bonne société. Et j'ai été suffisamment stupide pour penser que ce genre de vie pourrait me satisfaire. Alors je suis restée à la maison, je faisais du bénévolat et je déjeunais avec les femmes qui habitaient dans la même rue pendant qu'il travaillait dans une entreprise commerciale à Manhattan. »

Il n'avait pas besoin d'entendre la fin de l'histoire. Il percevait déjà la douleur derrière les mots de Lia.

« Quelques semaines avant la date prévue pour notre mariage, j'ai appris la vérité. Il voulait me garder dans une cage dorée pendant qu'il avait ses maîtresses en ville. » Les doigts d'Adam s'enroulèrent autour de ceux de la jeune femme. « Après ça, j'ai juré que plus personne ne m'empêcherait de faire ce que j'avais envie de faire, j'ai vendu ma bague de fiançailles et j'ai utilisé l'argent pour partir en Italie. C'est là-bas que j'ai découvert ma vraie passion. »

Elle leva les yeux vers lui, la peur et l'incertitude brillant dans les profondeurs de leur couleur de jade. À présent il comprenait pourquoi elle se cramponnait tellement à son restaurant.

Et c'était lui le « *connard* » qui menaçait de tout lui prendre.

Adam reposa sa fourchette, son estomac désormais trop noué pour qu'il puisse apprécier le repas. « J'espère qu'Amadeus a trouvé une autre de mes autres propriétés à son goût. »

« Moi aussi. » Elle tendit la main et couvrit celle d'Adam avec la sienne. « Je sais que je t'ai mis dans une situation embarrassante, et j'apprécie que tu essayes de trouver une solution qui réponde à nos besoins à tous les deux. »

Si elle avait été une autre femme, il se serait attendu à ce qu'elle joue la carte de la sympathie pour arriver à ses fins, mais il n'y avait rien de faux ou de manipulateur chez Lia. Et il respectait cela.

Il retourna la main de la jeune femme et il regarda sa paume. Il y avait des callosités et des cicatrices dues aux brûlures qu'elle avait dû subir dans la cuisine, mais tout cela correspondait parfaitement à son caractère. Lia était quelqu'un qui avait travaillé dur pour en arriver là où elle en était ; elle était tellement différentes des petites filles riches gâtées qu'il avait connues toute sa vie. Et peut-être que cela expliquait en partie l'attirance qu'il ressentait pour elle.

Il entrelaça ses doigts autour de ceux de Lia. « C'était un fou pour te traiter de cette manière-là, pour ne pas réaliser à quel point tu es un véritable trésor. »

Sa bouche s'entrouvrit et sa lèvre inférieure se mit même à trembler légèrement. « Merci », dit-elle dans un soupir avant de détacher sa main de celle d'Adam pour reprendre sa fourchette.

****

Lia ne savait pas quoi dire d'autre. Au cours des quatre années précédentes, elle s'était jetée à corps perdu dans son travail, ignorant un évènement qui avait marqué le début de son parcours pour se trouver elle-même. Puis, d'un seul coup, elle sortait ses tripes devant Adam, un homme qu'elle connaissait à peine, et elle lui racontait des choses que sa mère était la seule à savoir. Pourtant, aussi étrange que cela puisse paraître, elle lui faisait confiance.

Mais dès qu'un fardeau était retiré de ses épaules, un

nouveau s'accrochait à elle. Elle ne s'attendait pas à ce qu'il réagisse comme il l'avait fait. Pendant ces quelques instants de bonheur complet où il avait tenu sa main, elle avait oublié le restaurant, Trey et tout ce qui l'empêchait de dormir la nuit. Son corps s'était détendu sous la chaleur qui l'avait envahie. Cependant, quand il l'avait qualifiée de trésor, son cœur avait bondi, et cette douce chaleur s'était transformée en une sensation troublante qui rendait sa respiration plus rapide et qui donnait à son corps l'envie pressante d'être touché autrement.

Aucun doute à ce propos - elle n'avait pas toute sa tête quand il s'agissait d'Adam Kelly.

Lia baissa les yeux sur le peu qu'il restait dans son assiette, son appétit pour la nourriture s'étant évanoui. Leur bref moment d'intimité était à présent devenu embarrassant, un signe indiquant qu'il était probablement temps pour elle de partir. Elle prit les deux assiettes sans lui demander s'il avait terminé et elle partit droit vers la cuisine. « Je vais faire la vaisselle. »

L'eau qui coulait dans l'évier apaisa ses nerfs ébranlés. Cet endroit dégageait un sentiment de paix, elle était sur son territoire. La cuisine était son lieu de refuge à chaque fois qu'elle était préoccupée, et des tâches domestiques comme le fait de laver des assiettes ou de découper des légumes avaient toujours permis à son esprit de s'évader de ses soucis.

Jusqu'à cet instant.

Adam se plaça derrière elle et arrêta l'eau. Il retira ses mains de la mousse. « Je peux faire ça plus tard. »

Elle le laissa la tourner vers lui, observant la manière dont il berçait ses mains humides comme si elles étaient délicates et précieuses pour lui. Son pouls se mit à battre deux fois plus vite, et un léger tremblement parcourut sa lèvre inférieure.

« J'ai dit quelque chose qui t'a mise mal à l'aise et je suis désolé », dit-il en amenant les mains de la jeune fille vers sa propre poitrine et en les entourant de ses mains.

« Non, ce n'est pas ça. Je me sens juste un peu... » *Perdue ? Incertaine ? Effrayée de reconnaître que je pourrais craquer pour toi ?* « Submergée. »

« C'était la dernière chose que j'avais en tête, Lia. » Le souffle d'Adam baignait le front de la jeune femme tandis qu'il parlait tout en l'attirant de plus en plus vers lui. « Je voulais juste exprimer mon admiration. »

Elle fit le dernier pas qui la séparait de lui. Son corps se fondit dans son étreinte, ses mains encore sur le cœur du jeune homme. Elle perdit la notion du temps en respirant son parfum, encore incapable de composer avec ses émotions en conflit. Son esprit la mettait en garde, il finirait inexorablement par lui faire du mal et il n'était en rien différent de Trey.

Mais à chacune de ses respirations, ces pensées s'éloignaient de plus en plus. Elle trouvait une paix nouvelle dans les lignes solides de son corps, dans le contact ferme de ses mains qu'il faisait courir le long de son dos et dans le battement régulier de son cœur. Cela pourrait facilement devenir son nouveau refuge.

« Même si j'apprécie beaucoup tout ça, je vais devoir te laisser partir bientôt. » Il leva son menton, l'envie qui s'exprimait dans ses yeux était à peine contenue au moment où il appuya ses lèvres contre son front. Il fit courir son pouce sur les lèvres de la jeune femme, envoyant des frissons dans les tréfonds de l'estomac de cette dernière. « Je ne suis qu'un homme après tout, et tu es une femme magnifique et très séduisante. »

Il se retenait, réprimant le désir qu'il ressentait manifestement pour elle.

Un signal d'alarme retentit de nouveau dans l'esprit de Lia, lui disant de s'écarter lentement pendant qu'elle le pouvait encore, mais son corps refusait de l'écouter. Elle avait envie d'Adam. Elle avait besoin de sentir encore une fois ses lèvres contre les siennes, qu'il l'adule comme le trésor qu'il pensait qu'elle était. Oui, ce serait comme franchir la ligne, mais elle préférait profiter d'une nuit dans ses bras plutôt que de se faire violence et de laisser la peur la retenir.

Tout en gardant son corps appuyé contre le sien, elle tendit la main et elle baissa les lèvres d'Adam vers les siennes.

CHAPITRE SEPT

Adam retint son souffle, ses muscles se tendirent au moment où elle l'embrassa. Un doute transperça l'esprit de Lia. Est-ce qu'elle avait mal lu en lui ? Est-ce qu'elle était allée trop loin ?

Puis un gémissement de défaite se fit entendre lorsqu'il expira, et la résistance d'Adam s'évanouit. Sa langue fondit dans la bouche de la jeune femme, s'enroulant autour de cette dernière dans une danse aguichante. Ses mains étaient partout - dans ses cheveux, sur son dos, sur ses hanches. Lorsqu'elles finirent par se poser sur ses fesses, il appuya contre elle la preuve dure de son désir.

Je devrais arrêter maintenant avant d'être blessée.

C'était plus facile à dire qu'à faire car ses baisers devenaient de plus en plus profonds, plus affamés, tout comme les siens. La pression grandissante de ses mains contre ses fesses la suppliait de lui donner l'autorisation de passer à l'étape suivante. Avant même qu'elle se rende compte de ce qui était en train de se passer, elle avait sauté dans ses bras et elle avait entouré ses jambes autour de sa taille. Au moment où ils arrivèrent dans sa chambre, elle avait retiré la chemise d'Adam et la sienne. Ils tombèrent en arrière sur le lit, les lèvres de Lia ne brisant pas le contact avec celles du jeune homme tandis qu'un désir insatiable l'envahissait.

Son soutien-gorge s'envola au bout de quelques secondes, suivi par son pantalon et son slip. Le denim rêche du jean d'Adam frottait contre la peau tendre de l'intérieur de ses cuisses, provoquant en elle plus d'un tourment. Elle chercha à l'aveuglette un bouton ou une braguette, tout ce qu'elle pourrait trouver pour le libérer des contraintes de ses vêtements.

Il arracha ses lèvres des siennes et il se redressa sur ses mains et ses genoux, son torse se gonflant alors qu'il la fixait du regard. « Oh mon Dieu, Lia, tu es tellement belle », dit-il dans un murmure enroué avant de s'enflammer avec une nouvelle série de baisers, descendant de sa gorge jusqu'à ses seins.

Il attrapa un de ses tétons entre ses dents. Les hanches de Lia tressaillirent sous la sensation exquise, se déplaçant au même rythme que chacune de ses succions et que chacun des mouvements de sa langue autour de ses tétons. Il pesait de tout son poids sur elle, contrôlant ses mouvements jusqu'à ce que le désir qui était enfoui en elle ressorte dans un hurlement de frustration. « Je n'en peux plus, je t'en prie, Adam. »

Il redressa brusquement la tête. « Tu veux que j'arrête ? », demanda-t-il, même si tout son être la suppliait de le laisser continuer.

« Non, je veux juste que tu viennes en moi avant que

quelque chose nous interrompe encore une fois. »

Il gloussa avant d'embrasser le bout de son nez. « Ne t'inquiète pas, Lia. J'ai totalement l'intention de faire tout ce qu'il faut pour que tu sois extrêmement satisfaite. »

« Prouve-le. » Elle attrapa son visage entre ses paumes, occupant ses lèvres pendant qu'elle se dandinait pour faire descendre son jean jusqu'à ses orteils.

Il émit de nouveau un petit rire en retirant son boxer et en le jetant avec son jean quelque part près du pied du lit.

Sa queue, désormais libre, frottait contre les contours extérieurs du sexe de Lia. Les coins de ses yeux de cette dernière brûlaient du désir intense qu'il la pénètre. Elle n'avait jamais, jamais désiré un homme à ce point-là. Ses hanches protestaient contre le poids d'Adam, essayant frénétiquement de se libérer et de trouver l'angle parfait pour qu'il entre en elle.

Adam tendit le bras et un bruit sec se fit entendre lorsque sa main entra en contact avec la table de nuit. Elle fut surprise juste un instant avant que son corps ne reprenne ses ondulations rythmées qui criaient à quel point elle était plus que prête pour l'accueillir.

« Attends », dit Adam dans un gémissement sourd. Un tiroir s'ouvrit, suivi par le son d'un papier en aluminium froissé. Il se redressa, dégageant son corps, pour rouler le préservatif sur sa queue totalement en érection. « Maintenant, on peut continuer. »

Dès que ces mots sortirent de sa bouche, il s'enfonça en elle avec tellement de force que le cœur de la jeune femme se mit à battre à un rythme irrégulier. Quatre années de célibat prenaient leur dû sur son corps. Sa queue élargissait ses parois internes dans un mélange de douleur et de plaisir qui la consumait et qui lui coupait le souffle. Elle enfonça ses doigts dans ses épaules et elle attendit que cette sensation passe.

« Désolé. » Adam resta immobile, plaçant doucement de petits baisers sur ses joues. « Je vais essayer d'être plus doux. »

La douleur s'évanouit aussi vite qu'elle était apparue, laissant un vide qui ne demandait qu'à être comblé. « Ne le sois pas », haleta-t-elle.

Malgré sa demande, il commença à bouger lentement, prolongeant chaque coup de rein pendant que sa bouche continuait d'occuper la sienne. Il faisait des va-et-vient, ses hanches positionnées dans un angle parfait pour atteindre la partie sensible située à l'intérieur du corps de Lia. Les orteils de cette dernière se recroquevillaient sous le plaisir de la friction envoûtante. Sa respiration se faisait haletante, anticipant le prochain coup de rein. Ses propres hanches se soulevaient en rythme pour l'accueillir de plus en plus profondément en elle.

Alors que les minutes passaient, le rythme d'Adam s'accéléra. Un endroit au plus profond de son corps se resserra, palpita et lui fit totalement perdre le contrôle. Des mots incohérents sortirent en cascade de sa bouche. La seule chose qu'elle reconnut dans ces paroles qu'elle prononçait était le nom d'Adam. Elle le murmura encore et encore, le suppliant sans cesse de continuer, de l'amener au bord de l'orgasme.

« Je t'en prie, Lia. » Sa voix se serra, affligée, tandis qu'il suppliait avec la jeune femme. « Je t'en prie, viens pour moi. »

Elle essaya désespérément de l'attendre, de ne pas

basculer aveuglement du bord de la falaise sur laquelle elle avait de l'impression de se trouver, mais ses efforts étaient futiles. Elle était déjà perdue. Elle ferma les yeux et elle serra ses bras autour de lui, retenant un dernier souffle avant de s'abandonner à l'explosion à l'intérieur de son corps.

****

Adam serra les dents et essaya de lutter contre la pression grandissante qu'il ressentait dans ses testicules et qui remontaient jusqu'à son gland. Il n'avait aucune idée la signification de ce que Lia marmonnait en italien, mais il supposait qu'elle était sur le point de venir. Il accéléra le rythme, voulant désespérément qu'elle ressente le même plaisir que celui qui, il en avait la certitude, l'attendait lui aussi.

Quelques secondes après qu'il lui eut demandé de se laisser aller et de jouir, le corps de la jeune femme se tendit. Elle serra ses cuisses autour du torse d'Adam, ses hanches se soulevant du lit. Ses doigts s'enfoncèrent dans son dos. Elle chercha de l'air, luttant contre lui, refusant de s'abandonner jusqu'à ce qu'elle finisse par craquer.

Son cri de plaisir lui indiqua qu'il avait atteint son but. Son sexe se convulsa autour de lui, se resserrant et se relâchant avec une intense férocité à laquelle il ne put résister. Il s'abandonna dans un dernier coup de rein. Une extase brûlante emplit ses veines, plus puissante que le cognac le plus fin, le submergeant de vagues de plaisir. Et pourtant, ses hanches continuaient de se soulever, il continuait de bouger en elle, voulant faire durer la sensation aussi longtemps que possible.

Cela finit par devenir trop. Il s'effondra, son corps secoué de tremblements et épuisé. Lia tremblait également en-dessous de lui. Ses murmures, lointains au début, devinrent plus clairs au fur et à mesure que l'esprit d'Adam redescendait de son sommet post-orgasme. Il se redressa sur ses coudes et il se mit à rire.

Lia écarquilla les yeux. « Qu'est-ce qui est drôle à ce point-là ? », demanda-t-elle.

« Je suppose que j'ai besoin de cours d'italien si je veux comprendre ce que tu dis quand tu jouis. » Il roula hors du lit pour jeter le préservatif, tentant d'ignorer les pensées jalouses qui l'assaillirent lorsqu'il l'imagina en train de dire les mêmes mots à un ancien amant. Il voulait que ces mots, quoi qu'ils puissent vouloir dire, lui soient destinés à lui, et à lui seul.

« Je - », commença-t-elle avant de terminer par un gros soupir. « Depuis que j'ai déménagé en Italie, mon cerveau est programmé pour penser en italien. Je rêve même en italien. »

Il se glissa de nouveau dans le lit, tirant les couvertures sur eux, et il se mit sur le côté. « Peu importe ce que tu disais, c'était super sexy. »

Elle roula sur elle-même et fit un grand sourire, ramassant les couvertures sur ses seins dans une démonstration inattendue de timidité. « Je suppose que j'ai juste perdu le contrôle. »

« Ne t'excuse jamais pour ça. » Il dégagea les cheveux qui se trouvaient sur le front de la jeune femme et il y déposa un baiser. « Du moins pas dans la chambre. »

Les épaules de Lia se détendirent, mais son sourire s'effaça lorsqu'elle le regarda, et elle reprit son sérieux. « Je parlais sérieusement quand je suis arrivée ici ce soir. »

Il revit la déclaration précipitée qu'elle avait faite disant qu'elle refusait de coucher avec lui pour garder son restaurant. Ses mains s'immobilisèrent. Pourquoi reparlait-elle de cela à cet instant précis ? Il se repassa les évènements de la soirée dans sa tête, s'arrêtant sur le moment où il l'avait avertie qu'il devrait la laisser partir rapidement. Il voulait qu'elle sache que même s'il la désirait au plus haut point, il n'allait pas empirer les choses en faisant passer les choses au niveau supérieur.

Non, c'était elle qui avait initié tout cela. C'était elle qui l'avait embrassé, même s'il l'avait mise en garde sur le fait qu'il ne pourrait pas lui résister si elle le faisait. Et à présent c'était elle qui lui rappelait que ce qu'ils venaient de partager pouvait cacher des motifs intéressés.

Il chercha sur son visage des signes de manipulation, des sourires narquois qui exprimeraient de l'autosatisfaction. Mais au lieu de cela, il ne vit que de la peur et de l'incertitude. Ses doutes s'évanouirent. Peu importe ce qui l'avait poussée à faire le premier pas, ce n'était pas la ruse. « Je sais », dit-il enfin.

Les commissures de ses lèvres se soulevèrent. « Merci. »

« Non, c'est moi qui devrait te remercier. » Tout son corps ronronnait encore de plaisir. Ses yeux se régalaient du spectacle de la femme magnifique qui se trouvait dans son lit. Il devait être l'homme le plus chanceux du monde en cet instant.

« Tu donnes l'impression que tu ne t'attendais pas à ce qu'on finisse ici. » Elle se trémoussa pour se rapprocher de lui, lui jetant un regard sensuel à travers ses cils qui allait avec le ton séducteur de sa voix. « Je pensais que tu obtenais toujours ce que tu voulais. »

« Je pense que c'est la première fois où je me faisais du

souci à ce propos », la taquina-t-il en retour.

Il fit courir ses doigts sur la mâchoire de Lia, son assurance fléchissant au moment où il atteignit son menton. Une étrange pression remplit sa poitrine lorsqu'il plongea dans ses profonds yeux verts. S'il ne faisait pas attention, il pourrait tomber amoureux de Lia sur-le-champ, et mélanger les affaires et le plaisir pouvait être dangereux. Très dangereux.

Elle se mordit la lèvre inférieure comme si elle pouvait voir l'agitation qui faisait rage en lui. Ils jouaient à un jeu risqué, un jeu qui impliquait leurs têtes et leurs cœurs, et ils venaient juste de placer toutes leurs cartes sur la table.

La sonnerie d'un téléphone portable brisa le silence. Lia fit un bond en arrière, tirant sur les couvertures pour couvrir ses épaules. Adam ferma les yeux, priant pour que ce ne soit pas ce à quoi il pensait.

Les accords familiers de « *Bad to the Bone* » résonnèrent encore une fois dans sa chambre, et Adam jura dans un souffle. C'était la sonnerie de Frank, et si celui-ci appelait cela ne pouvait être que pour une seule raison.

« Désolé, mais je dois prendre cet appel. » Il enfila son jean et il attendit d'être dans le salon avant de récupérer son téléphone dans sa poche et de répondre : « Il vaudrait mieux que ce soit important, Frank. »

« Pourquoi je te dérangerais sinon ? », répondit son jeune frère. « Je suis un peu coincé, et je suis sûr que ton aide pourrait m'être utile. »

Adam s'enfonça dans son canapé et appuya sa paume contre sa tempe. Ce qui avait commencé comme une soirée de rêve était en train de se transformer rapidement en cauchemar. « Qu'est-ce que tu as fait cette fois ? »

Le sixième des sept garçons Kelly, Frank, était le seul qui avait hérité des cheveux roux de leur grand-mère et du tempérament irlandais qui allait avec. Évidemment, cela signifiait également qu'il pouvait faire appel au charme irlandais à chaque fois qu'il le voulait, exactement comme il était en train de le faire. « J'étais juste dans un club, je ne dérangeais personne, quand ces deux mecs sont venus vers moi et qu'ils ont commencé à me faire passer un mauvais quart d'heure en m'accusant de draguer une des filles. »

Adam poussa un gémissement. Il avait entendu cette histoire plus de fois qu'il ne pouvait les compter. « Et laisse-moi deviner - une chose en a entraîné une autre, c'est ça ? »

« Hey, c'est eux qui ont commencé. » Un grognement s'éleva, le ton de Frank indiquant qu'il était sur la défensive. Il avait fait carrière en faisant passer sa rage dans des lignes offensives et en jetant des quaterbacks sur la pelouse, mais malheureusement Frank avait la mauvaise habitude d'emmener son agressivité en dehors du terrain.

« Combien de dégâts tu as causés cette fois ? »

Son frère marque une pause. « Heu, c'est un peu plus compliqué là. »

Merde ! « Qu'est-ce qui s'est passé ? »

Une autre pause. Ce n'était pas bon signe. « J'ai besoin que me sortes de taule. »

Adam bondit sur ses pieds en prononçant encore un mot de cinq lettres. « Pourquoi tu es en taule ? »

« Ils essayent de me coincer pour agression, mais c'était de la légitime défense à 100%. »

Adam parcourut la pièce à grands pas, calculant dans sa tête combien Frank lui coûterait cette fois-ci. La prison, un avocat, les dommages et intérêts. Son frère aurait probablement également besoin d'un gros travail en termes de relations publiques pour redorer son image, s'il n'y avait pas déjà eu de fuites dans la presse. « Tu dois réfléchir avant de balancer un coup de poing, Frank, ou aucune équipe ne voudra de toi. »

« C'est des conneries, Adam. J'ai participé au Pro Bowl en tant que nouvelle recrue. En plus, tu vas me sortir de ce merdier, pas vrai ? Alors il n'y a aucun souci à se faire. »

Adam serra le poing. Il aurait tout donné pour pouvoir passer à travers le téléphone et secouer son frère pour lui mettre du plomb dans la tête. « Est-ce que tu as le nom de quelques garants de cautions judiciaires ? »

« Je pensais que tu pourrais en trouver un pour moi. » La voix de Frank baissa pour devenir un murmure. « Et fais vite s'il te plaît. Je n'aime pas la manière dont certains mecs me regardent, si tu vois ce que je veux dire. »

« J'ai presque envie de te laisser là-bas jusqu'à la fin de ton audition. »

« Oh, allez, Adam. Tu ne laisserais pas ton petit frère être agressé sexuellement par ces pervers, n'est-ce pas ? »

« Je ne sais pas - est-ce que ça te permettrait de tenir loin des problèmes dans le futur ? »

« Je suis en train de dire que je suis innocent. Je le jure devant Dieu. »

« Innocent » était un mot qu'il n'associerait jamais à Frank.

La porte de la chambre grinça, l'interrompant au moment où il s'apprêtait à passer à son frère le savon que celui-ci méritait. Lia apparut dans l'embrasure, habillée de la tête aux pieds.

« Je m'occupe de toi dans un instant », dit-il sans la quitter des yeux une seule seconde. À quel point avait-elle pu surprendre la conversation ?

« Pourquoi ? Ne me dit pas que tu as une nana sexy sur le feu ou quelque chose comme ça. Je te connais M. Je-suis-trop-occupé-pour-me-faire-quelque-chose-qui-a-des-seins. »

Il voulait dire à Frank d'aller se faire voir, mais la présence de Lia l'obligea à tenir sa langue. « On se parle plus tard », dit-il, luttant pour que sa voix reste calme, et il mit fin à l'appel.

Il jeta le téléphone sur le canapé et il s'approcha de la jeune femme. « Désolé pour ça, Lia. Je - »

Elle le fit taire en couvrant sa bouche de ses doigts. « Inutile de t'excuser. Je comprends. »

Il baissa la main de Lia et il garda dans la sienne. « C'est vrai ? »

« Oui. »

« Ce n'est pas comme ça que je voulais que la soirée se termine. »

Elle lui répondit par un sourire pensif. « Moi non plus, mais apparemment ton frère a besoin de toi, et j'ai besoin de me reposer un peu avant de retourner au restaurant demain. »

Il nota dans sa tête de se rappeler de veiller à ce qu'Amadeus Schlittler voit toutes les propriétés possibles le lendemain, avant de lui montrer l'espace de Lia. « Tu as besoin qu'on te ramène ? »

Elle secoua la tête. « Pas de problème. » Elle traversa la pièce pour ramasser le téléphone et elle pressa ce dernier dans les mains d'Adam. « Occupe-toi de ton frère, et ne t'inquiète pas pour moi. »

Il l'attrapa au moment où elle essayait de se retourner, et

il l'attira dans ses bras. Il avait juste l'intention de l'embrasser pour lui dire au revoir, mais il se retrouva rapidement envahi par le désir de la ramener au lit.

Lia mit sa main sur son torse et le repoussa, mettant finalement fin à leur baiser. Elle s'éloigna de lui avec un sourire joueur qui l'informa qu'elle serait ravie de poursuivre une autre fois. Lorsque la porte se referma derrière elle, un frisson naquit sous sa peau et parcourut son échine. Elle était partie et elle lui manquait déjà.

Il lança un regard vers son téléphone, maudissant son frère de ruiner ce qui aurait pu être la meilleure nuit de sa vie. Mais en cherchant des numéros de téléphone sur internet, il réalisa également que le départ de Lia à cet instant précis était probablement une bonne chose. Il devenait trop impliqué dans cette histoire sur le plan émotionnel, et jusqu'à ce qu'il découvre ce qu'il allait faire avec Schlittler, il devait garder sa tête sur ses épaules et son cœur verrouillé.

CHAPITRE HUIT

Lia entra en virevoltant dans la cuisine de la La Arietta. Tout allait bien se passer. Amadeus Schlittler ouvrirait son restaurant ailleurs, et Adam et elle pourraient attendre avec impatience de passer plus de nuits dans les bras l'un de l'autre une fois que tout cela serait terminé. Il gagnerait sur les deux tableaux.

« Quelqu'un est de bonne humeur ce matin à ce que je vois », dit Julie en faisant un clin d'œil. « Je parie que tu t'es bien amusée hier soir ? »

« Amusée, mon adorable petit cul serré », dit Dax derrière elle en la poussant vers le bureau et en fermant la porte derrière Julie qui les avait suivis. « On dirait presque qu'elle brille, ça veut dire une chose - elle s'est faite prendre. »

« Dax ! » Ses joues s'enflammèrent et elle regarda avec envie la porte qui était bloquée par son maître d'hôtel et sa sous-chef.

« Oh, allez. Ne nie pas. » Les sourcils de Dax frétillaient. « Et n'omets aucun détail juteux. »

« Ok, ça va un peu trop loin. » Julie poussa Dax, mais sans faire mine de se diriger vers la porte. « Mais tout va bien, pas vrai ? »

Ils ne la laisseraient pas tranquille tant qu'elle n'aurait pas tout raconté, comme une adolescente pendant une soirée pyjama. « D'accord. Oui, j'ai passé un bon moment avec Adam, mais c'est tout ce que vous obtiendrez de moi. »

Dax échangea des regards avec Julie. « Oh oui, elle est allée jusqu'au bout. Aboule l'argent. »

Julie ronchonna en mettant la main dans sa poche et en sortant un billet de vingt dollars.

Lia resta bouche bée. « Tous les deux vous avez parié sur le fait que je coucherais ou non avec lui ? »

« Tu peux le dire ! » Dax fit claquer plusieurs fois le billet pour le lisser totalement. « Julie pensait que tu te retiendrais jusqu'à ce que tu saches qu'il ne te mettrait pas dehors, mais j'ai eu une bonne vision de M. Sexy et je savais que tu ne pourrais pas lui résister une fois qu'il serait passé à l'action. »

Elle essaya de trouver une réplique cinglante, mais les mots lui manquèrent. Son visage était probablement rouge écarlate. Elle les poussa pour se frayer un chemin, retrouvant sa voix en entrant dans le domaine où elle régnait sans partage - la cuisine. « Arrêtez tous les deux de spéculer à propos de ma vie personnelle et mettez-vous au travail. On a une heure devant nous avant d'ouvrir pour le déjeuner et je ne veux entendre aucune excuse. »

Ils se hâtèrent tous deux vers leurs postes de travail - Julie vers la machine à pâtes et Dax vers la salle à manger.

Lia se cacha dans la chambre froide et laissa l'air froid

baigner ses joues en feu tout en regardant autour d'elle pour voir ce qu'elle pourrait utiliser pour le plat du jour. Leurs taquineries avaient touché une corde sensible. Autant elle avait apprécié la soirée précédente avec Adam, autant le doute subsistait en elle que l'un d'entre eux ait séduit l'autre inconsciemment pour arriver à ses propres fins.

Je n'ai qu'à faire confiance à Adam sur le fait qu'il tiendra parole.

Son esprit lui disait qu'elle pouvait le faire, mais son cœur était encore trop méfiant pour faire totalement confiance à un homme. Après tout, elle avait fait confiance à Trey et il suffisait de voir ce que cela lui avait rapporté.

Elle sortit de la chambre froide avec plusieurs bottes d'asperges dans les mains, établissant déjà dans sa tête la liste des autres ingrédients dont elle avait besoin pour faire de ce légume l'élément central d'un risotto.

Une seconde seulement s'était écoulée depuis l'ouverture lorsque Dax apparut soudain dans la cuisine. « Lia, tu dois venir là-bas *maintenant* », chuchota-t-il.

Elle le suivit en marchant sur ses talons jusqu'à la salle à manger, et elle s'arrêta brusquement. Un homme qui ressemblait à Rutger Hauer après un relooking à la *Queer* se tenait au niveau du pupitre du maître d'hôtel, les bras croisés et se caressant le menton. « Non, j'en suis définitivement certain », dit-il avec un fort accent autrichien, « tout doit disparaître. Jusqu'à la moindre petite chose. Horrible ! » Il rapprocha ses omoplates comme s'il venait juste de tremper ses doigts dans une substance gluante.

M. Bates écrivit quelque chose dans son bloc-notes et hocha la tête. « Oui, M. Schlittler. Passons-nous à la pièce suivante ? »

Amadeus Schlittler se pavanait dans la salle à manger

comme un top model sur un podium, balancement des hanches inclus. « Oh mon Dieu, c'est tout simplement affreux. Tout doit disparaître ici aussi. Le look rustique est tout simplement dépassé. Je veux que le marbre noir continue ici, et des miroirs sur ce mur pour refléter les lumières de la ville. »

Les dents de Lia se serrèrent. Elle se mit à compter jusqu'à dix pour ne pas perdre son sang-froid, et elle en était à huit au moment où elle arriva à leur hauteur. « Est-ce que je peux faire quelque chose pour vous aider, M. Bates ? »

Avant que celui-ci ne puisse répondre, Amadeus s'imposa. « Ça ne vous concerne en aucune façon, petite fille. Retournez dans votre cuisine et continuez à récurer des casseroles. »

La tension de Lia monta en flèche, son pouls battant sous son cuir chevelu. « Je suis la propriétaire et la chef de la La Arietta, et j'exige de savoir ce que vous faites ici. »

Amadeus leva les yeux au ciel et poussa son meilleur soupir à la *Valley Girl*. « M. Bates, voulez-vous bien vous occuper d'elle ? Je dispose de peu de temps pour décider de ce que je veux faire de cet endroit, et je préfère concentrer mes énergies créatrices sur quelque chose d'autre que cet obstacle qui me ralentit. » Il tourna les talons et il balança une des chaises d'une des tables situées à proximité en plissant le nez.

M. Bates s'éclaircit la gorge. « Mme Mantovani, comme vous le savez, M. Kelly envisage toujours de louer cet espace à M. Schlittler une fois votre bail arrivé à échéance, alors nous sommes ici - »

« Non, vous avez tout faux », l'interrompit-elle en secouant la tête comme si elle faisait un mauvais rêve.

« Adam a dit qu'il montrerait d'autres propriétés à M. Schlittler. »

« Qu'est-ce que c'est que cette histoire d'autres propriétés ? » Amadeus se rua de nouveau vers eux. « M. Kelly et moi nous avons un accord. Je veux cet endroit et rien de moins. Je *mérite* cet endroit. »

Lia était heureuse d'avoir laissé ses couteaux dans la cuisine. Elle serra les poings, ses bras serrés de chaque côté de son corps, se retenant de frapper l'autre chef et de lui casser des dents. « Et qu'est-ce qui vous fait penser que je ne mérite pas de rester ici ? »

« Oh, je vous en prie », répondit ce dernier avec un geste méprisant de la main. « Vous n'êtes qu'une petite inconnue insignifiante. Je suis Amadeus Schlittler, un des plus grands génies culinaires de tous les temps. Mes restaurants ont plus d'étoiles que ce que vous pourriez rêver d'en voir dans toute votre vie. Pourquoi M. Kelly vous garderait alors qu'il peut m'avoir, moi ? »

Les insultes l'atteignirent de plein fouet. Pourquoi Adam la laisserait garder cet endroit s'il pouvait avoir Schlittler ? Et maintenant qu'il avait obtenu ce qu'elle voulait d'elle au lit, pourquoi devrait-il tenir sa parole et convaincre le chef-diva d'ouvrir son restaurant ailleurs ?

Ses yeux la brûlaient, mais elle refusa de montrer le moindre signe de la faiblesse qui frémissait en elle. Elle leva le menton, et d'une voix glaciale elle dit : « Peut-être, M. Schlittler, mais jusqu'à la fin du mois, c'est mon nom qui se trouve sur le bail, donc veuillez sortir votre cul égocentrique de mon restaurant. »

Les yeux de Schlittler s'écarquillèrent comme si elle était la première personne à lui parler de cette manière. Puis ils se rétrécirent tandis qu'un rictus apparaissait sur son visage. « Pour le moment. Profitez-en pendant que vous le pouvez, petite fille, parce que le premier du mois, tout cela m'appartiendra. »

Il claqua des doigts et il fit volte-face. « Venez, M. Bates. Je peux continuer à vous faire part de mes exigences sur le trajet du retour jusqu'au bureau de M. Kelly. »

Lia ne bougea pas un muscle, fixant longuement l'entrée après leur départ. Elle ne s'effondra qu'au moment où Dax posa une main sur son épaule. « Oh, ma chérie. »

De grosses larmes brûlantes coulèrent sur ses joues et tombèrent sur le coton blanc de sa veste de chef. Elle avait été folle de croire Adam. Il obtenait toujours ce qu'il voulait, et tout ceci n'était pas une exception. Et elle avait été suffisamment stupide pour croire son baratin. Un trésor ? Ah, ah !

Julie lui mit un verre dans la main et entoura ses épaules avec son bras. Dax monta la garde devant elles alors qu'elles se hâtaient vers la sécurité de son bureau. « Prends une gorgée de grappa et sors toi tout ça de la tête », l'exhorta sa sous-chef.

Mais ce n'était pas aussi simple que cela. Elle était tombée dans le piège en croyant qu'Adam se souciait vraiment d'elle alors que pendant tout ce temps il complotait pour détruire son affaire afin de préparer le terrain pour ce morceau de strudel arrogant. Elle lui avait ouvert son cœur et il l'avait trahie d'une manière bien pire que ce que Trey avait pu le faire. Il lui avait donné de l'espoir, puis il l'avait réduit à néant.

C'était terminé désormais. Lia posa le verre sur son bureau et le premier d'une série de sanglots silencieux secoua son corps.

****

Adam était raide dans son lit, son cœur martelait pendant qu'il fixait les chiffres sur son réveil. 16h17. Un regard sur le soleil de la fin d'après-midi à travers la fenêtre ne fit que lui confirmer que l'heure affichée était correcte.

Il courut dans la salle de bain pour vérifier son reflet et il fronça les sourcils en voyant la barbe de trois jours qui obscurcissait ses joues. Il pouvait faire l'impasse sur une douche pour gagner du temps, mais il était hors de question qu'il puisse sortir de chez lui sans se raser. Il débrancha le rasoir du chargeur et il commença à le passer sur ses joues, tout en sortant un costume propre de son armoire.

Les joues à présent lisses, il mit son téléphone sur haut-parleur et il composa le numéro de Bates. « Oui, M. Kelly ? »

« S'il vous plaît, dites-moi que vous avez montré certaines de mes autres propriétés à M. Schlittler », dit Adam en sautant dans son pantalon.

« Non, monsieur. Je pensais que vous aviez décidé que la propriété de l'avenue Michigan était le meilleur endroit pour lui. »

Adam jura et passa son bras dans une chemise propre. « C'était la semaine dernière. Je voulais lui montrer d'autres endroits avant celui-là. »

« Je suis désolé, monsieur, mais vous ne m'en avez pas parlé, comment aurais-je pu savoir quoi faire ? »

Adam avait à moitié enfilé sa chemise au moment où il s'aperçut qu'il l'avait mal boutonnée. « Je sais. C'est de ma faute - J'avais prévu d'emmener Schlittler là-bas moi-même et d'essayer personnellement de le convaincre que ces endroits étaient parfaits pour lui. »

« Ah, je vois. Cela explique pourquoi Mme Mantovani était aussi surprise de nous voir aujourd'hui. »

Adam se figea, son pouls battant la chamade menaçant de l'étouffer. *Merde, merde, et merde !* « Je vous en prie, dites-moi que vous n'avez pas emmené Schlittler à la La Arietta aujourd'hui. »

« Étant donné que vous n'étiez pas disponible ce matin, j'ai décidé de montrer la propriété à M. Schlittler avant qu'il ne devienne, hum, impatient. »

Il s'enfonça sur le lit, son esprit totalement paralysé. Il avait déjà été en mauvaise posture, mais rien de cette ampleur. S'il avait eu l'espoir d'avoir une relation avec Lia, il pouvait très probablement lui dire adieu à présent. Elle ne voudrait sûrement plus jamais lui adresser la parole, et encore moins lui faire confiance.

« M. Kelly, vous êtes toujours là ? »

« Oui, Bates, mais j'essaye juste de trouver le meilleur moyen d'arranger tout ça en douceur. » Il fit courir ses doigts dans ses cheveux. « C'est de ma faute parce que je ne suis pas venu ce matin. Je me suis levé tard, j'ai dû m'occuper de problèmes personnels et je n'ai pas entendu mon réveil. »

« C'est vraiment dommage, monsieur. »

Il se leva et marcha le long de son lit, les mains serrées derrière son dos. « Schlittler est toujours en ville ? »

« Jusqu'à demain matin, monsieur. Il séjourne au Waldorf Astoria. J'ai fait une réservation pour lui pour le dîner à l'Alinea, ce soir à vingt heures. »

Adam remercia sa bonne étoile d'avoir un assistant tel que Bates. « Appelez l'Alinea et assurez-vous qu'ils aient de la place pour que je puisse me joindre à lui. Je vais essayer

111

de lui vendre les points forts des autres propriétés et de le convaincre d'y jeter un œil la semaine prochaine. »

« Très bonne idée, monsieur. Et pour Mme Mantovani ? »

Il tressaillit et se figea. Lia était un problème bien plus épineux. « Je m'occuperai d'elle plus tard dans la soirée, après avoir parlé à Schlittler. » *Parce que si je n'arrive pas à le convaincre d'étudier d'autres endroits, alors je devrais lui apporter la mauvaise nouvelle en personne.*

« Merci, monsieur. » Le soulagement dans la voix de Bates ne fit qu'ajouter à son propre malaise. Quoi qu'il ait pu se passer le matin même entre Lia et Schlittler, il s'agissait probablement de quelque chose de bien pire que ce que celui-ci laissait entendre. « Je vais appeler l'Alinea tout de suite. »

Adam se rassit au bord du lit, sa cravate décrivant des boucles entre ses doigts. En moins de vingt-quatre heures, tout ce qui allait bien dans sa vie s'écroulait soudain autour de lui. Il se tenait à un tournant de sa vie. La nuit précédente avait consolidé ses sentiments pour Lia, mais serait-il capable de lui dire non s'agissant des affaires ?

CHAPITRE NEUF

Les chiffres sur l'écran devinrent de nouveau flous. Peu importe les efforts que faisait Lia pour se concentrer, ses larmes continuaient de menacer de déborder. D'une manière ou d'une autre, elle avait réussi à contenir tout ce gâchis suffisamment longtemps pour que la journée se passe sans encombre. Mais maintenant qu'elle était seule dans son bureau, la douleur provoquée par la trahison d'Adam envahissait totalement ses pensées, encore et encore.

Tu aurais dû tout simplement utiliser le sexe pour négocier.

Elle secoua la tête pour sortir cette pensée de son esprit et elle s'essuya les yeux du revers de la main. Peu importe à quel point elle voulait garder son restaurant, elle refusait de perdre son intégrité. Elle avait couché avec Adam la nuit précédente parce qu'elle était attiré par lui. C'était vraiment dommage qu'il ait prévu de la « *baiser* » dans tous les sens du terme.

Et encore, il avait paru sincère à propos du fait de de

sortir son frère de ses problèmes, quels qu'ils soient.

Lia arrêta de taper sur son clavier et posa son visage dans ses mains. Peu importe à quel point elle voulait le voir comme un méchant, elle n'y arrivait pas. Il y avait trop de petits détails du même acabit qui lui permettaient de se faire une vague idée de la complexité et de la difficulté d'être Adam Kelly. Un homme d'affaires impitoyable, mais pourtant dans le même temps un frère et un fils attentionné.

Et sans oublier qu'il était également un amant extraordinaire. Trey ne l'avait jamais fait jouir aussi fort pendant toutes les années qu'ils avaient passées ensemble.

Un gémissement de défaite naquit dans sa gorge. Elle n'aurait jamais dû accepter son invitation à dîner tant que le futur de sa carrière professionnelle était en suspens.

« Allô, Lia ? », appela une voix masculine depuis la salle à manger.

En parlant du loup. Elle lança un regard vers la batte de baseball cachée sous son bureau. Est-ce qu'elle pourrait s'en sortir en faisant comme si elle ne l'avait pas entendu ?

Un grand fracas emplit la cuisine plongée dans l'obscurité, l'empêchant d'utiliser cette excuse. Elle tendit le bras le long du mur situé à l'extérieur de son bureau et elle alluma les lumières. « Simplement pour que tu le saches à l'avenir, l'interrupteur est à côté de la porte. Tu sais, juste au cas où tu voudrais venir et harceler Schlittler au milieu de la nuit comme tu le fais avec moi. »

Puis elle referma la porte de son bureau en la claquant. S'il avait l'intention de l'importuner, elle lui avait envoyé un avertissement plus que suffisant.

Évidemment, Adam obtenait toujours ce qu'il voulait, et ce soir-là ne faisait pas exception. Il ne prit même pas la peine de toquer avant d'ouvrir la porte. « Lia, il faut qu'on parle. »

Elle continuait de saisir les chiffres qui se trouvaient sur les tickets de caisse qu'elle tenait en main, même si elle tapait un peu plus fort que nécessaire sur le clavier. « Schlittler est déjà venu ce matin pour donner des ordres à propos de ses plans pour le décor, alors tu peux t'épargner cette conversation. »

« C'est ce qu'on m'a dit, et je m'excuse pour ça. »

« Tu t'excuses ? » Elle se retourna pour lui faire face, les larmes qu'elle versait peu de temps auparavant se muant en une rage contenue. « Je pense que c'est peut-être un peu tard pour ça. »

Il croisa les bras et se pencha pour s'appuyer contre le chambranle de la porte, l'empêchant de sortir. « Il n'est jamais trop tard pour s'excuser, surtout quand il s'agit d'un gros malentendu. »

« Oui, il y a eu un gros malentendu. » Elle le poussa et elle commença à ramasser la pile de bols en métal qu'il avait éparpillés sur le sol en entrant. « Je t'ai mal compris quand tu as dit que tu essayerais de convaincre Schlittler d'ouvrir son restaurant ailleurs. »

Il lui prit les bols des mains et, posant ses mains chaudes sur les bras de la jeune femme, il l'immobilisa face à lui. Il n'eut pas besoin d'avoir recours à la force - le simple fait qu'il la touche faisait flancher les défenses de Lia et lui donnait l'impression d'avoir les jambes en coton. Les lèvres d'Adam se plissèrent et sa bouche forma une ligne fine : « Donc tout ce qui t'intéresse, c'est ton restaurant ? C'est ça ? »

Le ton accusateur de sa voix la piqua au vif. « Tu peux

me dire ce que tu veux, Adam, mais je ne suis pas une traînée. Je pensais ce que j'ai dit hier soir. Je ne m'attendais pas à ce que tu te désistes aussi vite après avoir obtenu ce que tu voulais de moi. » Elle se dégagea d'un mouvement des épaules et elle se remit à nettoyer la cuisine.

« Si tu penses que je t'ai fait des promesses à la légère pour t'attirer dans mon lit, alors explique-moi pourquoi j'ai ressenti le besoin de passer ces quatre dernières heures à essayer de convaincre Schlittler de jeter un œil à d'autres propriétés la semaine prochaine. »

Elle se figea, ne sachant pas si elle pouvait croire ce qu'elle entendait. « De la culpabilité ? », grinça-t-elle.

« Putain, Lia, tu m'énerves tellement, j'ai l'impression d'être coincé dans une roue pour hamster - j'ai beau courir, je ne vais nulle part. » Il desserra sa cravate et il la dégagea de son col. « J'ai trop dormi ce matin, et j'ai oublié de parler à Bates de mon plan. Il n'aurait jamais dû amener Schlittler ici. »

« Mais il l'a fait. » Le menton de Lia se mit à trembler au souvenir des propos impitoyables du chef.

« Et c'est pour ça que je suis venu ici pour m'excuser. Bates m'a dit qu'il avait été plus que grossier. » Adam se pencha sur un récipient plein posé sur le poste des desserts ; il souleva le film en plastique qui recouvrait ce dernier pour sentir son contenu. « C'est la même sauce à la framboise que celle que tu as faite la semaine dernière ? »

Lia lança un juron imperceptible. « Je ne peux faire confiance à personne ici pour ranger les choses correctement. » Elle lui arracha le récipient des mains, le métal froid rassurant ses doutes sur le fait que celui-ci était resté dehors trop longtemps.

Adam l'arrêta et reprit le bol. « J'étais sur le point d'utiliser ça. »

« Pour quoi faire ? »

« Ça. » Il plongea son doigt dans la sauce.

Le cœur de Lia se mit à battre à tout rompre en pensant qu'il venait tout simplement de gâcher tout le contenu du bol, mais aucune réprimande ne sortit de sa bouche une fois qu'Adam eut étalé de la sauce sur toute la lèvre inférieure de la jeune femme. Il se pencha en avant et il l'embrassa, aspirant doucement la sauce avant de se détacher d'elle.

« Délicieux », murmura-t-il avant de réitérer. « Bien sûr, tu es déjà suffisamment douce et sucrée sans sauce à la framboise. »

Ne rentre pas dans son jeu. Ne te laisse pas séduire par tout ça — Elle inspira rapidement lorsqu'il bougea pour poser un peu de sauce sur le lobe de son oreille et pour le mordiller. « Ça ne marchera pas. »

Il répondit à sa protestation peu convaincante par un simple « Oui, oui » avant de continuer à faire glisser son doigt couvert de sauce sur le cou de Lia, rapidement suivi par sa langue.

Des picotements de plaisir déferlèrent de sa tête jusqu'aux plus profonds de ses entrailles. Elle ne montra aucun signe de résistance lorsqu'il la fit reculer jusqu'à la table en métal sur laquelle les desserts étaient dressés. Elle ne fit aucun geste pour l'arrêter lorsqu'il retira son épaisse veste de chef et qu'il la jeta à travers la cuisine. Et elle ne cria pas pour protester lorsqu'il continua à étaler la sauce à la framboise sur sa peau nue et à la faire disparaître dans une combinaison diaboliquement sensuelle de coups de langue et de mordillements.

Adam avait fait descendre les bretelles du débardeur de Lia en-dessous de ses épaules lorsqu'il marqua une pause. Il effleura ses seins avec son pouce et il arbora un sourire malicieux. « Tu veux que j'arrête ? »

Elle secoua la tête, sachant déjà ce qui l'attendait si les doigts d'Adam ne mentaient pas. « De toute façon je vais devoir mettre la sauce à la poubelle maintenant. »

« Alors je vais en utiliser autant que nécessaire. » Tout comme elle le pensait, il baissa son haut pour exposer sa poitrine et il étala la sauce rose pâle sur cette dernière.

Ce à quoi elle ne s'attendait pas, c'était au fait qu'il la soulève sur la table, juste assez pour prendre son téton dans sa bouche. Le métal froid et dur contrastait avec la texture chaude et veloutée de sa langue qui s'enroulait autour de la pointe douloureuse de ce dernier. Elle gémit et elle cambra son dos, se fondant en lui. Lorsqu'il atteignit le stade où la douleur se mêlait au plaisir, il passa à l'autre sein et il répéta la même chorégraphie étourdissante composée de coups de langue et de mordillements qui crispait son corps, dans l'attente du moment où il s'arrêterait.

Dans n'importe quelle autre situation, l'idée d'avoir des rapports sexuels dans sa cuisine l'aurait horrifiée, mais Adam l'avait convaincue d'abandonner ses vêtements, ainsi que le moindre soupçon de contrôle qui pouvait lui rester. Elle avait encore plus envie de lui que la nuit précédente. Elle avait besoin de lui.

Les palpitations dans son sexe s'intensifièrent lorsqu'il retira son pantalon et ses sous-vêtements en les arrachant. La sauce à la framboise finit sur ses chevilles, ses genoux et ses cuisses, approchant encore plus de la partie de son corps qui demandait à être soulagée.

Et Adam le savait. Plus il se rapprochait du sexe de Lia, plus ses gestes devenaient lents et délibérés. Ce qui avait été une traînée de sauce rose de trois ou quatre centimètres recouvrait à présent sa cuisse sur toute sa longueur. Ce qui était auparavant un coup de langue rapide ou un mordillement joueur s'était transformé en une caresse interminable qui embrasait la chair de la jeune femme. Elle poussa un gémissement et elle prononça son nom pour le supplier d'arrêter de jouer avec elle et de l'exciter.

Finalement, il s'agenouilla devant elle et il fit passer ses jambes sur ses épaules. Son souffle chatouillant la chair lisse de Lia, il murmura : « Tellement belle, et tellement délicieuse. »

La sauce à la framboise, même si elle était froide, se révéla peu efficace pour apaiser le désir qui la consumait, mais pour son plus grand bonheur, la langue d'Adam trouva l'endroit où elle avait le plus besoin de la sentir. Elle décrivit des mouvements rapides sur la peau délicieusement sensible de son clitoris, envoyant des picotements dans tout son corps. Ses muscles se contractèrent, devenant de plus en plus tendus au fur et à mesure qu'il la faisait se rapprocher de la limite de l'orgasme, juste pour faire marche arrière en changeant le rythme des caresses qu'il lui prodiguait avec sa langue. Il éloigna cette dernière de son tout petit abricot pour plonger dans son sexe longuement et langoureusement.

Adam répéta ce jeu encore et encore, réduisant de plus en plus le temps qu'il passait pour aller de l'un à l'autre. Elle enfonça ses doigts dans les cheveux de ce dernier, le forçant à rester près d'elle et le suppliant de ne pas s'arrêter. Elle retomba sur la table, ses hanches se soulevant contre la bouche d'Adam. La langue du jeune homme continua de décrire des cercles sur sa chair en rythme avec les vagues qui secouèrent Lia après son orgasme.

Elle ne savait pas combien de temps elle était restée allongée sur la table, mais le métal froid lui rappela qu'elle était nue. Adam l'entoura de ses bras et l'aida à se redresser, puis il la serra contre son torse en lui caressant les cheveux pendant que le pouls de la jeune femme se remettait petit à petit à battre normalement. Plusieurs minutes s'écoulèrent avant qu'elle ne réalise qu'il portait encore tous ses vêtements. « Tu ne vas pas jusqu'au bout ? »

« J'aimerais bien », répondit-il en pressant le renflement dans son pantalon contre elle, « mais je n'ai pas de préservatif sous la main. Je ne pense pas que tu en aies un ? »

Elle secoua la tête, submergée par une vague de timidité. Elle se détacha de lui et elle croisa ses bras sur sa poitrine. « Non, je ne suis pas le genre de fille qui imagine qu'elle va coucher avec quelqu'un dans sa cuisine. »

« Oui, voilà, c'est le fichu problème avec le fait de mélanger les affaires et le plaisir. » Il plongea encore une fois son doigt dans la sauce avant de passer celui-ci sur les lèvres gonflées de Lia. « En l'occurrence, je suis plus que prêt à faire à une exception malgré tout. »

Elle le laissa l'embrasser une fois de plus, tout en se demandant de quelle exception il pouvait parler. Elle obtint la réponse à sa question lorsqu'il mit fin à leur baiser et qu'il dit d'une voix rauque : « Je ferais mieux d'arrêter avant que les choses ne dégénèrent. Je ne voudrais pas que tu penses que j'étais en train d'essayer de te séduire pour que tu oublies ce qui s'est passé aujourd'hui. »

« Je pensais que c'était des excuses. » Elle attendit que

l'espoir brille dans les yeux d'Adam avant de lui sourire de manière lente et spontanée. « Et en l'occurrence, je pense que je peux trouver dans mon cœur de quoi pardonner ce quiproquo. »

« Et pour ça, je te suis extrêmement reconnaissant. » Il enfonça son visage contre son cou, déposant une série de baisers sur sa peau jusqu'à ce qu'il arrive à son oreille. « Bien sûr, je serais encore plus reconnaissant si tu venais chez moi ce soir pour qu'on puisse finir tout ça dans un endroit plus confortable. »

Le corps de Lia était déjà en train de dire *Oui, oui, oui,* mais elle hésita et elle calcula les conséquences possibles. Plus elle passait de temps dans les bras d'Adam, plus son cœur se laissait entraîner. Est-ce qu'elle ressentirait la même chose si elle perdait son restaurant ? Ou est-ce qu'elle posait juste des bases pour quelque chose qui finirait par la faire souffrir ?

Elle examina le visage d'Adam à la recherche d'une réponse ; elle voyait de moins en moins l'homme d'affaires insensible qui était venu dans son restaurant une semaine plus tôt pour lui annoncer qu'il ne renouvellerait pas son bail. À présent, elle voyait l'homme qui faisait battre son cœur et languir son corps.

L'homme dont elle était en train de s'enticher à toute vitesse.

Elle fit courir ses doigts sur la joue d'Adam et elle prit une profonde inspiration. Elle allait devoir lui faire confiance à propos des choses qu'elle chérissait le plus et prier pour avoir fait le bon choix.

« Allons chez toi. »

CHAPITRE DIX

« Ce n'est pas comme si vous reveniez sur une proposition, monsieur. » Bates tendit un dossier à Adam. À l'intérieur il y avait une feuille de papier sur laquelle était indiqué le comparatif de l'analyse des coûts de son plan d'origine par rapport à sa nouvelle idée. Il devrait assumer les pertes, mais s'il s'agissait du prix à payer pour la vendre à ses investisseurs, il était prêt à le faire.

Adam ferma le dossier avec un bruit sec et continua à marcher dans le couloir menant à la salle du conseil. Des silhouettes cachées dans la pénombre se déplaçaient derrière les parois en verre dépoli comme des ennemis invisibles. Son pouls s'accéléra. Il allait s'engager dans une bataille sans précédent. Généralement, il essayait de vendre une idée qui le passionnait à ses investisseurs. Mais à cet instant précis il allait leur demander de le suivre dans un nouveau projet après avoir réussi à les faire adhérer à l'ancien. Il ne savait pas s'il valait mieux agir de manière humble ou continuer avec son air sûr de lui habituel. Dans tous les cas, il devrait admettre qu'il avait fait une erreur, et à cette idée tous ses muscles se contractaient.

Bates s'éclaircit la gorge. « Au fait, est-ce que vous avez vu cet article charmant que la La Arietta a obtenu dans le *London Times* ce week-end ? »

« Non, je ne l'ai pas vu. »

« Vous devriez le lire, M. Kelly. Mme Kingsley ne tarissait pas d'éloges à propos du talent de Mme Mantovani. J'ai pris la liberté de l'imprimer pour vous. » Il montra le dossier du doigt.

Adam fit un grand sourire et remercia encore une fois sa bonne étoile pour le fait que son père ait engagé Bates plusieurs années auparavant. Cet article serait un outil supplémentaire dans son arsenal quand il entrerait dans la bataille et, si nécessaire, Bates était à ses côtés, ce qui représentait un bonus plus que non négligeable.

Son assistant s'arrêta bien avant l'entrée de la salle du conseil. « Je vous souhaite bonne chance, monsieur. »

« Merci, Bates. » *Je vais en avoir besoin.*

Adam ajusta sa cravate, puis il lissa sa veste et tenta de se doter de nerfs d'acier. En seulement deux semaines, il avait fait un virage complet à cent quatre-vingt degrés à propos de sa décision sur le restaurant et sur ce qui pouvait être le plus avantageux pour la propriété du Magnificent Mile. À présent il devait faire en sorte que les autres voient la chose de la même manière.

Il ouvrit la porte et il pénétra dans la salle du conseil la tête haute. « Bonjour messieurs. Merci d'être venus aujourd'hui. »

« Nous sommes ravis d'avoir l'occasion de parler avec vous », répondit Raymond Vilowski, un membre du Conseil municipal de Chicago et un partenaire d'affaires de longue date, « surtout après avoir entendu les informations troublantes dont M. Schlittler nous a fait part. »

Adam parcourut la pièce du regard et finit par croiser les yeux bleus et froids d'Amadeus Schlittler.

Merde !

« Bonjour, M. Kelly », dit le chef « J'espère que ma présence aujourd'hui ne vous dérange pas. Après tout, vous êtes ici pour discuter de l'emplacement de mon restaurant, celui dans lequel vous avez convaincu tous ses messieurs d'investir, n'est-ce pas ? »

La mâchoire d'Adam se serra pour retenir tous les jurons qu'il avait envie de lancer au visage de Schlittler depuis la semaine précédente. Au lieu de cela, il soutint son regard et s'assit au bout de la table, présidant cette dernière. « Non, cela ne me pose aucun problème », dit-il d'une voix égale.

« Merveilleux. » Schlittler se leva de sa chaise et décrivit des cercles autour des hommes assis autour de la table en marchant lentement comme un souverain en train de décider de la manière dont traiter des traîtres venant juste d'être capturés. « Comme je vous le disais, M. Kelly a suscité mon intérêt en me parlant de la perspective d'ouvrir mon tout nouveau restaurant au dernier étage de son immeuble sur l'avenue Michigan. Naturellement, je ne veux que ce qu'il y a de mieux, même si cette propriété était à peine à la hauteur de mes attentes, puis il a essayé de me convaincre de prendre en considération plusieurs... » Il marqua une pause, frottant ses doigts les uns contre les autres comme s'il venait juste de toucher un objet crasseux. « ... lieux moins désirables. »

Les hommes présents se tournèrent tous vers Adam en

lui lançant des regards exigeant des explications. Mais ce fut Ray qui s'exprima. « Je pensais que tu avais tout arrangé, Adam. Tu avais dit que tu allais expulser le locataire actuel une fois le bail arrivé à échéance pour laisser la place au chef Amadeus. »

« C'était mon intention à l'origine, mais apparemment la locataire actuelle, la chef Lia Mantovani, a réussi à se faire un nom récemment. » Il ouvrit son dossier et il trouva l'article que Bates y avait placé de manière si intelligente. « Ne serait-ce que cette semaine, elle a obtenu des articles élogieux, y compris de la part d'un critique culinaire du *London Times*. »

Ray fut le premier à qui il tendit l'article, suivi par l'article paru dans *Food and Wine* évoquant le fait que Lia était un des nouveaux chefs les plus en vue en Amérique. Il attendit pendant que les documents circulaient dans la pièce. Schlittler faisait semblait de se polir les ongles sur son pull pendant que les hommes présents lisaient les articles, l'expression qu'il arborait exprimait largement son irritation malgré son silence.

Les articles étaient quasiment sur le point de revenir jusqu'à Adam au moment où Ray prit la parole. « C'est très bien tout ça, mais elle n'est pas du même calibre que le chef Amadeus. »

« Merci, M. Vilowski. » Schlittler lança un sourire suffisant « *je-vous-l'avais-bien-dit* » à Adam.

« Peut-être qu'elle ne l'est pas encore, mais il s'agit d'un talent local. » Quelques hochements de tête suivirent la réponse d'Adam, et celui-ci vit la table tourner lentement en sa faveur. « Ça m'a amené à réfléchir - pourquoi détruirions-nous ce qu'elle a construit en moins d'un an pour laisser la place à quelqu'un venu de l'extérieur ? Chicago a toujours été fier de ses racines italiennes et elle amène cet héritage à un niveau supérieur. »

« Adam soulève un point positif, Ray », dit Thomas Blakely depuis l'autre côté de la table. Étant un des plus vieux amis du père d'Adam, Tom avait à maintes reprises fait office de voix de la raison à chaque fois que la famille Kelly avait dû prendre des décisions relatives à des placements financiers. « Dans une économie où les petites entreprises subissent des pertes, la pression venant de l'électorat est plus forte pour obtenir le soutien du gouvernement et développer les entreprises locales. »

Ray se trémoussa dans sa chaise. « Mais comme Adam l'a souligné quand il nous a convaincu de le suivre dans cette aventure, l'intérêt pour le restaurant du chef Amadeus serait profitable pour toutes les entreprises présentes dans l'immeuble. »

« Peut-être, mais tu es partant pour une réélection l'année prochaine, n'est-ce pas ? Comment tu penses que tes rivaux vont utiliser le fait que tu aies voulu forcer une fille du coin à fermer son entreprise en faveur d'un étranger ? » Tom appuya ses coudes sur la table et joignit ses mains en attendant que Ray réponde à sa question.

Ray releva le défi et se pencha en avant, copiant à l'identique la position de Tom. « Quand bien même, je ne suis pas la seule personne autour de cette table. »

« Ray a raison », dit Adam en espérant réorienter la conversation dans son sens. « Vous avez tous accepté d'investir de l'argent dans le restaurant de M. Schlittler, et s'il décide de se retirer à la dernière minute, je ne considèrerais aucun d'entre vous comme responsable pour les contrats signés précédemment. »

« Mais pourquoi tu lui demandes à lui de déménager ? », demanda Ray. « Pourquoi ne pas déplacer la La Arietta ? De cette manière tu pourrais gagner sur les deux tableaux. »

« Faire déménager la La Arietta représenterait un coût considérable, à la fois pour la chef Lia et pour nous. Sans parler du fait que cela l'obligerait à fermer son restaurant. » Adam recula dans sa chaise, espérant que son argument pousserait les autres membres du conseil à considérer cette discussion comme un débat clos. « J'ai passé ces deux derniers jours à montrer à M. Schlittler toutes les propriétés commerciales haut de gamme qui m'appartiennent, y compris celle située à Lincoln Park, et il refuse d'en prendre ne serait-ce qu'une seule en considération. »

À présent, toutes les têtes étaient tournées vers le chef qui levait les yeux au ciel. « Apparemment, vous avez une définition différente de ce qui est haut de gamme ici, à Chicago. Je suis Beverly Hills. Je suis Cinquième Avenue. Je ne suis pas Lincoln Park. »

« Vous étiez aussi Las Vegas Strip la dernière fois que j'ai vérifié, alors ne nous jetez pas à la figure toutes les adresses de vos autres restaurants pour essayer de nous impressionner. » Adam tambourina sur l'accoudoir de sa chaise avec ses doigts. « Vous voulez être là où il y a de l'argent et je suis plus que prêt à vous y aider. »

« Vous n'êtes juste pas prêt à me laisser avoir l'emplacement que vous m'aviez promis. »

« L'impression que tout ça me donne, c'est qu'Adam a fait beaucoup de promesses sur lesquelles il essaye maintenant de revenir. » Ray s'écarta de la table. « Si c'est le cas, il faut que je vous rappelle que nous avons *tous* signé ce contrat pour encourager le chef Amadeus à ouvrir son restaurant dans l'immeuble de l'avenue Michigan. »

Adam acquiesça de la tête. « Je comprends tout à fait, Ray, mais je voulais aussi vous informer de ce que j'ai découvert au cours de cette opération et vous demander à tous de réfléchir à ma nouvelle proposition. »

« Vous auriez dû présenter cette information avant de promettre cet endroit au chef Amadeus et non après. » Ray se leva et regarda les autres hommes présents. « Je ne sais absolument rien à propos de la chef Lia machin-chose, et franchement je m'en fiche. Si nous pouvons avoir quelqu'un qui a l'envergure du chef Amadeus, mon argent va en sa faveur. »

Il se tourna vers Adam. « Je te laisse jusqu'à vendredi pour décider de ce que tu veux vraiment. »

« Enfin quelqu'un qui parle de manière sensée. » Schlittler fit le tour de la table et enroula ses bras autour de ceux de Ray. « Allons-y et parlons de certaines de mes créations pour mon restaurant de Chicago. Les autres suivront. »

Ils sortirent tous les deux de la salle du conseil, laissant Adam et les trois autres investisseurs dans une pièce silencieuse. « Vous voyez tous les choses de la même manière ? », demanda-t-il.

Tom appuya ses doigts sur le bout de son nez tout en regardant vers le plafond. Les deux autres avaient les yeux fixés vers leurs genoux. Une minute s'écoula, puis Tom dit : « Tu as soulevé quelques points qui méritent réflexion, Adam. »

« Je sais, mais je ne voulais pas continuer à foncer dans tout ça tête la première après avoir découvert ces informations. »

« À propos de la chef Lia ? »

« À propos du chef Schlittler. » Maintenant que ce goujat arrogant était parti, Adam avait au moins la possibilité de parler ouvertement de celui-ci. « Comme vous pouvez le constater, il est très exigeant et il est très difficile de travailler avec lui. Aussi célèbre qu'il puisse être, je commence aussi à me demander s'il ne va pas finir par devenir un gros problème. »

« Précise ta pensée », demanda un des autres hommes assis autour de la table.

« Je vous enverrai par e-mail les exigences dont ils nous a déjà fait part à propos de la propriété de l'avenue Michigan. Je pressens qu'il y aura d'autres exigences de ce genre dans le futur, ce qui veut dire que nous serons obligés de toutes les financer. Les hommes comme Amadeus Schlittler coûtent cher, très cher. »

Les autres membres présents acquiescèrent de la tête.

« Apparemment Ray nous a déjà imposé une deadline », dit Tom, « donc j'ai l'intention d'attendre jusque-là pour voir si on peut trouver la meilleure solution possible. »

« Et comme je l'ai dit tout à l'heure, je ne considèrerai pas que vous êtes liés par vos contrats si je décide que le fait d'accorder la propriété de l'avenue Michigan à Schlittler n'est pas la solution la plus intéressante pour l'entreprise. » Adam se leva et serra les mains des autres hommes présents dans la pièce. « Merci de vous être déplacés et de votre présence. Je vous enverrai les informations dont je vous ai parlées dans la journée et je vous conseille vivement de voir par vous-même le joyau dont nous disposons déjà sur place. »

Les autres membres du conseil quittèrent la pièce à l'exception de Tom qui resta assis sur sa chaise. Le temps avait beau avoir creusé des rides sur son visage et avoir blanchi ses cheveux, il avait également affûté l'intelligence qui se reflétait dans les yeux de cet homme plus âgé qu'Adam. « Je te soupçonne de ne pas tout nous dire, Adam. »

Adam récupéra tous les documents pour les ranger dans son dossier, ignorant la sensation de malaise qui l'envahissait petit à petit, lui envoyant des frissons dans toute sa colonne. Je vous ai dit tout ce qui est pertinent sur le plan des affaires. »

« Mais tu as laissé de côté l'aspect personnel. »

« Je ne vois pas de quoi tu parles. »

« Voyons, Adam, je suis devenu ami avec tes parents avant même que tu ne sois une lueur brillante dans leurs yeux, et Maureen m'a tout raconté à propos de la manière dont elle a organisé ta rencontre avec Lia un week-end à la maison du lac, il n'y pas si longtemps que ça. »

« J'en suis ravi. Si elle n'avait pas manigancé tout ça, je n'aurais pas su à quel point c'est une chef extraordinaire. » Ni à quel point elle pouvait être passionnée au lit. La semaine précédente, Lia avait passé trois nuits dans ses bras, transformant les nuits où elle n'était pas avec lui en une sorte d'agonie qui devenait de plus en plus dure à supporter de jour en jour. De légères effluves de son parfum demeuraient sur son oreiller. Des souvenirs de ses éclats de rire résonnaient dans son salon vide. Et le sentiment d'apaisement qu'il ressentait quand il était allongé à côté d'elle, totalement épuisé après lui avoir fait crier son nom en la faisant jouir, ne quittait pas ses pensées tout au long de la journée suivante. Elle était lentement en train transformer son appartement en un endroit où il avait hâte de rentrer, mais uniquement si elle était là pour l'accueillir.

Tom l'observa sans dire un mot. Le vieil homme lisait probablement en lui avec justesse, mais au moins il avait la décence de pas épiloguer sur le sujet. « On devrait dîner ensemble quand ta mère sera rentrée de Vancouver », dit ce dernier en se levant de sa chaise.

« Je suis d'accord. » Sa mère était partie le matin même pour s'occuper de son frère après que Bob ait été victime d'une blessure au genou en fin de saison deux jours plus tôt. « L'opération était aujourd'hui, donc elle devrait être de retour à la maison d'ici une semaine ou deux. » Adam se leva et serra la main de Tom. « Merci d'être la voix de la raison. »

« Ne me remercie pas tout de suite. Ray pourrait t'obliger à respecter le contrat d'origine. Il a le bras assez long en ville pour vous rendre la vie difficile, à toi et à Lia. »

« Je sais. » Il priait juste pour que cela ne se produise pas. Il voulait un restaurant pour Lia et un autre pour Schlittler - la question était de savoir celui qu'il voulait le plus.

« Je vais te donner un petit conseil. Tu te souviens de Robert Cully ? »

Adam hocha la tête, se demandant où Tom voulait en venir avec cette conversation. Son père avait fait appel aux services du détective privé répondant à ce nom à plusieurs reprises au cours des dix années précédentes, généralement pour recueillir des informations relatives à des suspicions de fraude. Il baissa les yeux vers les fichiers, puis de nouveau vers Tom. « Est-ce que quelque chose te fait penser que je devrais l'engager ? »

« À Chicago, tu ne vas pas très loin en politique si tu ne te salis pas les mains. » Tom fit un clin d'œil et sortit de la salle du conseil en offrant à Adam la lueur d'espoir dont il avait besoin pour se projeter et visualiser l'instant où il verrait enfin la lumière au bout du tunnel.

CHAPITRE ONZE

Lia fredonnait un aria d'opéra de Verdi tout en déposant des *tortellini* dans une sauce chaude au gorgonzola avec du *prosciutto* et des petits pois. Le dernier plat était sur le point de partir dans la salle à manger, la rapprochant un peu plus de la fin de la soirée. Elle avait encore une fois fait croire à sa mère qu'elle allait rester tard au travail - ce qui voulait dire « *ne reste pas debout pour m'attendre, va te coucher* » - pour pouvoir faire un saut chez Adam dans la soirée. Il était plus facile de donner une fausse excuse que de dire qu'elle couchait avec quelqu'un qu'elle connaissait depuis moins d'un mois.

Évidemment, s'il s'avérait qu'elle était contrainte de fermer la La Arietta à la fin du mois, elle devrait inventer une autre excuse.

Enfin si elle continuait à voir Adam.

Elle avait beau apprécier sa compagnie, les choses étaient devenues nettement plus compliquées depuis qu'ils étaient amants. Ils ne parlaient jamais du bail quand ils étaient ensemble, mais ce sujet n'était jamais loin de ses pensées quand elle quittait ses bras. Elle continuait de protéger son cœur, effrayée à l'idée que leur relation puisse cesser si elle devait perdre son restaurant. Mais après chaque nouvelle nuit passée dans son lit, elle était heureuse avec lui, malheureuse sans lui et constamment sur les nerfs à chaque fois que le moment de le revoir se rapprochait.

Dax entra dans la cuisine. « J'ai dû empêcher M. Sexy-dans-un-costume de débouler ici comme s'il était le propriétaire des lieux »

« Il est le propriétaire des lieux », répondit Lia en riant. « Mais merci. D'habitude il n'est pas là pendant les heures d'ouverture »

« Ce qui veut dire qu'il est là après la fermeture je suppose ? » Dax la suivit comme son ombre lorsqu'elle sortit de la cuisine pour entrer dans la salle à manger. « On s'arrête pour le dessert ? »

La chaleur monta au visage de Lia. « Ça ne te regarde pas. »

Adam se tenait devant le pupitre du maître d'hôtel, l'attendant avec un sourire qui restait poli, mais avec un regard qui exprimait déjà toutes les choses coquines qu'il voulait faire avec elle. Il se balança d'avant en arrière sur ses pieds, les mains enfoncées dans ses poches.

« Je vous avais dit qu'elle viendrait pour vous, M. Kelly. » Dax prit sa place derrière le pupitre et lui lança un clin d'œil remplit de sous-entendus.

Heureusement, personne n'était à proximité pour entendre les allusions dans sa voix. Lia saisit le bras d'Adam et l'amena près des ascenseurs. « Tu arrives un peu en avance ce soir. »

« Il fallait que je te vois. »

Son pouls s'accéléra. Peut-être qu'il avait une bonne nouvelle à propos du bail. « À propos de quoi ? »

Adam ouvrit la bouche pour parler, mais il la referma brusquement lorsque deux clients quittèrent le restaurant et appuyèrent sur le bouton de l'ascenseur. « Est-ce qu'il y a un endroit où on pourrait parler en privé ? »

« Il y a mon bureau. »

« Ailleurs ? » L'ardeur qui brillait dans ses yeux indiquait à Lia que discuter était la dernière chose qu'il avait à l'esprit.

Son sexe se contracta à la pensée de ce qui l'attendait ce soir-là, et as respiration s'accéléra. « Est-ce que ça peut attendre la fermeture ? »

Il secoua la tête et la poussa dans la cage d'escalier. Ils descendirent en courant trois étages, s'arrêtant seulement le temps nécessaire pour permettre Adam de saisir un code et d'ouvrir la porte qui conduisait dans un couloir sombre rempli de bureaux vides.

Dès que la porte se referma derrière eux, ses lèvres furent sur celles de Lia, affamées et accaparantes. Tous les cris de protestation qu'elle poussait s'évanouirent dans un gémissement de plaisir. Il la poussa contre le mur, son corps appuyant contre le sien tandis qu'il lui arrachait tous ses vêtements. « J'ai envie de toi tout de suite, Lia. »

****

Je suis comme un drogué qui a besoin de sa prochaine dose.

Ou du moins il s'agissait de ce qui se rapprochait le plus de ce qu'Adam pensait en se battant avec la fermeture éclair de son pantalon. Il était rentré chez lui après la réunion et il y avait essayé de trouver une solution qui conviendrait à tout le monde, mais à chaque fois que son esprit revenait à Lia, une nouvelle vague de désir le consumait.

Elle n'était venue dans son appartement que quatre fois, mais elle y avait déjà laissé sa marque. La bouteille de vin à moitié vide dans la cuisine. La serviette froissée supplémentaire sur la table de la salle à manger. Le magazine ouvert à la page d'un article sur l'entreprise vinicole de la Vallée de Napa posé sur la table basse. La marque sur l'oreiller posé à côté du sien qui sentait légèrement la lotion à la pêche qu'elle conservait sur sa table de chevet. Toutes ces petites choses ne faisaient que lui rappeler qu'elle lui manquait.

Il était parti au restaurant avec l'intention de lui proposer de rentrer chez lui pour regarder un film et se détendre avant d'aller se coucher, peut-être même d'aborder le sujet d'un éventuel déménagement de son restaurant si Schlittler et Ray refusaient de revenir sur leur décision. Mais au moment où il était arrivé, quelque chose d'autre s'était emparé de lui, une envie brûlante de son corps qui devait être assouvie avant qu'il ne perde tout contrôle. Un besoin basique le poussait maintenant à l'embrasser comme un affamé alors qu'il faisait glisser le slip de la jeune femme sur un cul qui remplissait ses mains à la perfection.

Elle gémit et se tortilla contre lui, ce mouvement la libérant de ses sous-vêtements tout en lui permettant de se frotter contre sa queue déjà douloureuse. Des élans de douleur parcoururent sa colonne. S'il n'entrait pas rapidement en elle...

« Attends », dit-elle en le repoussant. « On n'a pas de préservatif. »

Il prit son portefeuille et sortit celui qu'il avait placé à l'intérieur de celui-ci quelques matins plus tôt. « J'ai appris à être prêt à toute éventualité avec toi. »

Le soulagement apaisa la tension qui avait envahi le visage de la jeune femme. Elle le saisit par sa chemise et elle l'attira de nouveau à elle, prenant le contrôle des baisers avec une passion qui coupa le souffle d'Adam. Elle avait autant envie de lui qu'il avait envie d'elle, et pour l'occasion il établit un nouveau record pour planter la bonne ambiance.

Tout ce qu'il avait fallu, c'était l'invitation subtile de ses mains sur le cul de Lia pour que celle-ci saute dans ses bras et enroule ses jambes autour de son torse. Il ne perdit pas de temps pour se glisser dans cet endroit chaud et glissant qui était totalement adapté à lui. Un soupir de soulagement remplit le couloir vide, mais il ne savait absolument pas s'il venait d'elle ou de lui.

Au milieu de toute cette agitation, elle réussit à faire glisser la veste d'Adam qui ne portait alors plus que sa chemise tandis qu'il faisait des va-et-vient, enfonçant sa queue en elle encore et encore comme un fou. Chaque coup de rein était un pur bonheur. Chaque cri de passion qui sortait des lèvres de la jeune femme était une musique plus douce que tout ce qu'il avait pu entendre dans sa vie. Chaque fois qu'elle plantait ses ongles dans son dos, cela le faisait avancer comme s'il avait été touché par le fouet d'un cocher.

« Encore, Adam, encore. » Lia se tortilla contre le mur, les yeux mi-clos, sa respiration devenant aussi rapide que la sienne. Son corps se contracta contre le sien, de ses bras et de ses jambes aux parois serrées de son sexe.

Son propre corps se contracta en réponse, ses testicules se levant, augmentant la pression qui se développait à la base de son manche. Il lutta pour se retenir afin qu'elle ressente la même explosion de plaisir que celle qu'il savait qu'il allait ressentir, malgré la nature frénétique de leur partie de jambes en l'air. « Oh mon Dieu, Lia, je ne peux pas, je ne peux pas - »

Les mots moururent dans sa bouche, remplacés par un grognement féroce. Il plongea en elle une dernière fois avant de s'abandonner à son orgasme. Mais le dernier coup de rein était exactement ce dont elle avait besoin pour le rejoindre. Son cri plus aigu s'associa au sien, son sexe se contractant et se décontractant au même rythme que les vagues qui parcouraient sa queue. Ses jambes chancelèrent sous l'intensité de ses émotions, et ils glissèrent tous les deux le long du mur.

Les minutes passèrent tandis que son pouls battait dans tout son corps comme une fanfare célébrant une victoire. De la sueur perla sur sa nuque, trempant ses cheveux à l'endroit où elle était en train d'enrouler quelques mèches. Il prit une profonde inspiration et son nez s'emplit d'un parfum de pêche et de sexe, ainsi que d'une autre note qui appartenait indéniablement à Lia.

« Je - », commença-t-elle avant de partir dans un gloussement nerveux. « Je n'avais jamais rien fait de ce genre. »

Il releva sa tête qui était posée contre la chevelure de la jeune femme, et il appuya son front contre le sien. « Moi non plus. »

Sa confession provoqua un autre gloussement, moins nerveux cette fois. « Ça a toujours été un de mes fantasmes, mais c'est encore mieux que tout ce que j'avais imaginé. »

Elle le crut sur parole. Il la rapprocha de lui, calant sa tête sous son menton. « J'espère que tu me pardonneras d'avoir été aussi direct. J'ai l'impression que j'ai vraiment du mal à contrôler mon désir pour toi. »

« Je t'aurais arrêté si je n'éprouvais pas la même sensation. »

Quel étrange tour du hasard avait pu la faire entrer dans sa vie de cette manière ? Oh, un instant, c'était sa mère. Mais pour une fois, peut-être qu'elle savait ce qu'elle faisait en les obligeant à se rencontrer.

Un souffle d'air froid venant d'au-dessus d'eux lui rappela qu'ils étaient assis au milieu du couloir, sans leurs pantalons. Il embrassa le haut de la tête de Lia, puis il desserra son étreinte. « Peut-être qu'on devrait s'habiller. »

Elle acquiesça, sa lèvre inférieure avançant légèrement. « Je suppose que tu as raison. Je dois commencer à m'occuper de la fermeture. »

« Peut-être que je devrais rester dans le coin en attendant que tu aies terminé. » Sa queue revint à la vie, durcissant déjà à l'idée de lui refaire l'amour. « On pourrait aller chez moi quand tu auras fini. »

Elle rit et fit courir son index sur son manche. « Au rythme où on va, tu seras prêt à recommencer quand on arrivera à l'escalier. Et ensuite je vais être distraite parce que tout ce à quoi je penserai, ce sera au moment où je pourrai te sentir de nouveau en moi. »

Il resta immobile lorsqu'elle se leva, puis qu'elle remit ses sous-vêtements et son pantalon. Quelque chose dans ses paroles l'avait perturbé. Leur chimie sexuelle était indéniable. Mais est-ce qu'il y avait quelque chose d'autre entre eux ? Est-ce qu'ils avaient suffisamment de points communs en dehors du lit pour transformer cette liaison en une relation à long terme ?

Le soir où il lui avait préparé à dîner lui revint à l'esprit alors qu'il remettait son pantalon. Oui, ils avaient été capables de discuter, d'apprécier la compagnie l'un de l'autre avant que les choses ne finissent dans la chambre. Et même s'il aimait se glisser sous les draps avec elle, il s'apercevait à présent qu'il avait envie de quelque chose de différent.

« Lia, est-ce que ça te dirait qu'on déjeune ensemble demain ? »

Elle se figea comme s'il lui avait demandé de sauter dans le lac Michigan au milieu d'une tempête. « Tu veux dire comme ça ? »

« Non, je veux dire toi et moi, totalement habillés, en train de partager un repas ensemble. »

Elle resta bouche bée quelques secondes, l'air perdu dans ses pensées, avant que son sens pratique ne ressurgisse dans sa voix. « Même si j'adorerais me joindre à toi, c'est impossible. Je dois m'occuper de ma propre cohue ici à l'heure du déjeuner. »

« Tu ne peux pas sécher le travail pendant une journée ? » Il l'attira de nouveau dans ses bras, déposant plusieurs petits baisers sur son visage. « C'est juste pour quelques heures, et je te promets de te ramener bien avant l'heure de préparer le dîner. »

Elle le repoussa sans conviction, puis elle rit lorsqu'il continua de planter des baisers sur ses joues. « Tu n'abandonnes pas tant que tu n'obtiens pas ce que tu veux, pas vrai ? »

« Maintenant tu sais pourquoi j'obtiens toujours ce que je veux. »

« D'accord, mais ça veut dire que je ne peux pas rentrer

avec toi ce soir. Je vais devoir tout préparer pour que le déjeuner puisse se passer sans moi. »

« Je vais faire ce sacrifice. » En outre, il avait déjà assouvi ses envies qui le titillaient quelques instants avant, et il avait éliminé la brume de désir qui envahissait son esprit. « On peut se retrouver à onze heures ? »

« Où ça ? »

Il lui fallut une fraction de seconde pour trouver l'endroit où il était sûr de pouvoir garder ses mains loin d'elle. « Dans la maison de ma mère à Highland Park. »

CHAPITRE DOUZE

Lia vérifia à deux reprises l'adresse qu'Adam lui avait donnée. Oui, il s'agissait bien de la bonne maison. Ou du bon hôtel particulier si elle voulait être plus précise. Lorsque sa mère lui avait dit quelques semaines plus tôt que la maison du lac était plus une cabane comparée à la demeure d'Highland Park de Maureen Kelly, elle ne plaisantait pas. Elle sentit un poids sur son estomac en arrivant au niveau de l'allée circulaire, les paumes de ses mains transpirant sur le volant de sa voiture.

Elle sonna à la porte, ses mains refusant de rester immobiles. Elle vérifia son image dans un miroir au cas où elle aurait omis une petite trace de rouge à lèvres ou des peluches sur sa chemise. Adam et sa famille appartenaient à l'élite de Chicago, peu importe à quel point ils minimisaient l'importance de cet état de fait, et elle n'était pas dans son monde.

Elle se prépara à l'impact d'un monticule de fourrure

blanche baveux au moment où la porte s'ouvrit, mais elle ne vit qu'Adam. « Où est Jasper ? »

« Ne t'en fais pas pour lui. Je me suis occupé de ce problème. » Il prit sa main et il la guida à l'intérieur, s'arrêtant uniquement pour déposer un baiser rapide sur ses lèvres. « Il n'y a que toi et moi aujourd'hui. »

Son ventre commença à se dénouer lorsqu'elle regarda fixement l'immense escalier en merisier. « Ta mère n'est pas là ? »

« Non, elle est à Vancouver, elle s'occupe de mon frère Ben. »

Ses mains arrêtèrent enfin de trembler. Même dans cette demeure, elle pouvait encore trouver du réconfort dans le fait de ne pas avoir à prendre de grands airs devant quelqu'un d'autre. « C'est lequel ? »

« Viens, je vais te montrer. »

Il l'emmena dans une pièce située sur le côté. Des inserts en verre Tiffany encadraient les fenêtres massives surplombant les buissons aux couleurs vives du jardin, ainsi que la pelouse verte immaculée qui se trouvait au-delà. Deux bergères de style Reine Anne bien rembourrés se tenaient de chaque côté d'une cheminée suffisamment imposante pour qu'elle puisse se glisser à l'intérieur. Une table carrée en bois massif sombre avec un empiècement en cuir brun se détachait sur le côté avec deux jeux de cartes invitant à jouer. Dans l'ensemble, le décor lui rappelait l'appartement d'Adam - onéreux et élégant, mais confortable et accueillant.

Des cadres étaient alignés sur le manteau de la cheminée, semblant tous minuscules comparé au portait de famille qui présidait sur le mur situé au-dessus. Un homme qui ressemblait beaucoup à Adam était assis à côté d'une version de Maureen datant des années 1980, et ils étaient tous deux entourés de sept garçons. Le plus jeune fils ne semblait pas âgé de plus de quelques mois au moment où la photo avait été prise. Elle étouffa un gloussement lorsqu'elle remarqua deux lignes de fils argentés sur les dents d'Adam.

Il surprit son regard vers la photo et il toussota. « Ouais, je n'arrête pas de dire à maman qu'il est temps de mettre à jour la photo de famille - peut-être une où je ne porte pas d'appareil dentaire - mais elle persiste à faire la sourde oreille. » Il leva un des cadres de plus petite taille. « Celle-là a été prise à Noël dernier. »

Une rangée de sept hommes lui souriait, leurs bras autour des épaules les uns des autres. La couleur de leurs cheveux variait du noir au roux, et leur taille d'environ quinze centimètres. Ils avaient tous les yeux bleus, même si deux d'entre eux avaient des yeux d'un bleu tirant plus vers le bleu ardoise que le bleu foncé et perçant des yeux d'Adam. Mais ils avaient tous le même sourire, le même menton, les mêmes plis autour des yeux. En d'autres termes, il n'y avait aucun doute possible sur le fait qu'ils étaient frères.

Son cœur se pinça encore un peu plus lorsqu'elle regarda la photo. Elle n'avait jamais eu de frère ni de sœur avec qui grandir, et elle avait toujours voulu faire partie d'une grande famille. Ce n'avait été que lorsqu'elle était partie vivre en Italie et qu'elle avait été accueillie par ses cousins qu'elle avait vu son rêve se réaliser.

Adam fit courir ses doigts le long de la rangée de frères, en commençant par l'homme qui était à côté de lui. « Voilà

Ben, Caleb, Dan, Ethan, Frank et Gideon. »

À présent, chacun des frères Kelly avait un nom et un visage pour elle, même si deux de ceux qu'elle n'avait pas rencontrés lui semblaient vaguement familiers. « Qu'est-ce qu'ils font, tous ? »

« Ben est gardien de but pour Vancouver - ou du moins il l'était jusqu'à ce qu'il se fasse une déchirure au niveau du genou la semaine dernière. Il a terminé sa saison, mais apparemment il pense que c'est la fin de sa carrière. » Son visage devint sérieux, ses lèvres se pressant en une ligne fine. « J'attends que les effets de ses antalgiques disparaissent avant d'essayer de lui faire entendre raison. » Son humeur s'égaya lorsqu'il ajouta : « Enfin si maman ne l'a pas déjà fait. »

« Caleb, que tu as rencontré à la maison du lac, est pilote dans l'armée de l'air. Dan est en train de terminer son internat en chirurgie. Ethan », dit-il en montrant l'homme dont les cheveux noirs tombaient jusqu'aux épaules et avec des signes de tatouages dépassant de ses vêtements « joue dans un groupe. »

Elle prit le cadre et elle le regarda de plus près. « Ce n'est pas le chanteur de Ravinia's Rejects ? »

Adam acquiesça comme s'il s'agissait d'un groupe local jouant dans un garage et non du groupe de rock aux multiples disques de platine célèbre dans le monde entier. Il continua en revenant à la photo en désignant l'homme aux cheveux roux qui semblait être tout en muscles. « Frank est linebacker pour Atlanta et Gideon est acteur. »

Elle reconnut le plus jeune des frères comme étant un des hommes célèbres les plus en vue du moment, et cela avait autant à voir avec ses capacités d'acteur qu'avec son statut en tant qu'un des hommes les plus sexy d'Hollywood.

Elle lâcha le cadre. Chacun d'eux avait fait quelque chose d'extraordinaire, et cela lui donna l'impression d'être de plus en plus insignifiante à chaque seconde qui passait. « Tu as une famille assez accomplie. Ta mère doit être très fière. »

Il haussa les épaules et il replaça le cadre sur le manteau de la cheminée. « Nos parents nous ont toujours encouragé à faire ce qui nous passionnait. Je suppose que tu es la mieux placée pour savoir à quel point ça peut être fort de travailler jour après jour dans ce que tu aimes le plus.

« Oui, c'est vrai. » Elle avait fait attention à ne pas évoquer le bail au cours des deux semaines précédentes, mais il y avait des moments comme celui-ci où elle avait l'impression d'avoir un poids de deux tonnes sur les épaules. Une partie d'elle voulait mentionner le fait qu'elle adorerait continuer à travailler sur sa passion, mais cela voulait dire qu'elle devait le questionner sur sa décision à propos du restaurant. Dans l'état actuel des choses, elle avait déjà commencé à rechercher des lieux qui étaient dans sa fourchette de prix, mais aucun d'entre eux ne faisait ne serait-ce que se rapprocher de ce qu'elle avait actuellement.

Elle retourna son attention vers la photo et elle regarda Ben fixement. « Ne sois pas trop dur avec ton frère quand tu lui parles. Je comprends à quel point ça peut être démoralisant d'être confronté à la perspective de ne pas faire ce que tu aimes. »

Adam croisa son regard un instant, puis il détourna les yeux. « Tu as envie de voir le reste de la maison ? »

« C'est une visite de l'étage ou une visite du rez-de-chaussée ? »

Il s'arrêta brusquement, sa main sur le chambranle de la

porte menant dans le couloir. « Pardon ? »

Sa mère l'avait toujours mise en garde en lui disant de tourner sa langue sept fois dans sa bouche. Ce fut un de ces instants où elle regrettait de ne pas avoir suivi ce conseil. « Je sais comment les choses se passent quand on est seuls tous les deux, et étant donné qu'on a déjà réalisé le fantasme 'un coup rapide dans un endroit où quelqu'un pourrait entrer et nous surprendre', j'étais en train de me demander si tu ne m'invitais pas ici pour réaliser le fantasme 'coucher dans le lit de tes parents' ou quoi que ce soit que tu pourrais avoir en tête. »

Il s'approcha d'elle lentement, un sourcil levé. « Non, c'est tout le contraire. »

Elle ne s'était pas rendue compte qu'elle retenait sa respiration jusqu'au moment où elle la relâcha dans un soupir.

« Contrairement à la plupart des adolescents, avoir des rapports sexuels dans tous les endroits où mes parents pourraient me surprendre n'a jamais été un de mes fantasmes. Même si je sais que ma mère est à Vancouver, j'ai toujours peur qu'elle arrive et qu'on se croise, alors le sexe est bien la dernière chose que j'ai en tête en ce moment. » Il s'arrêta et il entrelaça ses doigts autour de ceux de Lia. « Je t'ai invitée ici pour la raison précise dont je t'ai parlé hier. Tous les deux, complètement habillés, profitant d'un repas ensemble. »

La chaleur de sa main remonta dans le bras de la jeune femme et s'installa dans sa poitrine, chassant tous ses doutes. « Ça me dit bien. »

« Moi aussi. J'ai même préparé un pique-nique. » Il la guida jusqu'à l'immense cuisine blanche qui correspondait parfaitement à l'atmosphère victorienne de la demeure. « Il faut tellement beau dehors que je me suis dit qu'on pourrait profiter du soleil. »

« Ça me paraît génial. » Elle n'arrivait pas à se rappeler de la dernière fois où elle avait pu s'étirer au soleil et le laisser baigner sa peau. Cette journée de printemps était suffisamment chaude pour être agréable, mais la légère brise empêchait qu'il ne fasse pas trop chaud.

Adam saisit le panier et la couverture qui se trouvaient sur un des plans de travail et il fit un mouvement pour lui permettre de le suivre à l'extérieur. Ils marchèrent le long du chemin sinueux qui traversait le jardin. L'air était rempli de la douce odeur des roses et des gardénias, leurs boutons parfumés s'inclinant sur leur passage. Il s'agissait d'un endroit idéal pour faire un pique-nique, mais Adam continua de marcher vers l'herbe tendre qui se trouvait au-delà du jardin, puis il finit par s'arrêter sous les branches d'un chêne qui devait avoir été planté au moment où la maison avait été construite.

« Ça te convient ? », demanda-t-il en déployant la couverture.

Elle acquiesça et s'assit à côté du panier. « Qu'est-ce qu'il y a au menu ? »

« Je parie que tu adores demander ça pour changer », dit-il en riant. « Nous avons un assortiment de sandwichs gourmets. » Il les sortit du panier un par un. « Dinde et gouda. Jambon et gruyère. Rôti de bœuf et cheddar. Et pour finir, mais pas des moindres, le classique sandwich au beurre de cacahuète et à la confiture. »

C'était dans des moments tels que celui-ci qu'elle oubliait qu'il était un grand homme d'affaires qui valait probablement des millions. Adam était peut-être né avec une cuillère d'argent dans la bouche, mais il agissait comme n'importe qui quand il ne portait pas de costume. « Comment ? Pas de caviar ni de champagne ? »

« Non, mais j'ai des chips, des cornichons à l'aneth et du coca-cola toujours aussi rafraîchissant. » Il sortit une bouteille de boisson gazeuse comme s'il s'agissait d'une bouteille de Dom Pérignon.

Elle ne put s'empêcher d'arborer un large sourire. « Impressionnant. »

« J'ai appris la leçon à propos de la cuisine. » Il fit sauter la capsule de la bouteille qu'il lui tendit. « Restons simple. »

« La simplicité ça a du bon de temps en temps. » Elle prit le sandwich à la dinde et retira le papier d'emballage. En plus, ça demande du temps et de l'organisation pour tout planifier. »

« Ouais, et en plus il faut faire un tour au supermarché du coin. » Il sortit une boîte rose et un livre. « Pour le dessert, nous avons des cupcakes et de la poésie. »

« Maintenant je sais que tu as sorti le grand jeu. » Elle prit le livre dont elle lut la tranche. « John Donne ? »

« Un de mes poètes préférés. J'ai développé un goût pour lui pendant que j'étais à Oxford. »

« Et c'était quand ça ? », demanda-t-elle avant de prendre une bouchée de son sandwich.

« À l'université. C'est là que j'ai rencontré Vanessa, la femme que j'ai amenée à la La Arietta. »

La nourriture resta bloquée dans sa gorge tandis qu'elle essayait de l'avaler, et un sentiment désagréable de jalousie la picota à la base de sa colonne. « Oh ? »

« Ouais, elle habitait dans mon immeuble. Ne te laisse

pas tromper par son accent prétentieux - c'est la fille d'un mécanicien et d'une enseignante - mais c'est une bonne amie depuis des années. » Il ouvrit le livre et il en sortit un morceau de papier. « Au fait, elle a écrit ça à propos de ton restaurant. »

La première chose qu'elle remarqua furent les mots « *The Times* » Ce qu'elle réalisa ensuite en examinant l'article, c'était que Vanessa ne tarissait pas d'éloges à propos de sa cuisine. « C'est merveilleux. »

Elle voulait avoir l'air enthousiaste, mais sa voix était creuse. Qu'est-ce qu'il y avait de positif avec cet article si elle était obligée de fermer ses portes dans un peu plus d'une semaine ?

Adam devait avoir perçu son hésitation car il baissa suffisamment le papier pour rencontrer son regard. « Je t'ai dit que je ferais tout ce que je peux pour que tu gardes ton restaurant, et j'y travaille. »

Une dizaine de questions assaillirent son esprit. Qu'est-ce qu'il faisait ? Est-ce qu'il avait montré d'autres endroits à Schlittler ? Qu'est-ce que le chef en avait pensé ? Quand pouvait-elle s'attendre à recevoir une réponse ? Mais elle serra fermement les lèvres, et elle n'en posa aucune. Elle avait déjà fait un faux-pas verbal dans la journée. Elle ne devait pas insulter Adam encore une fois.

Ses yeux verts n'avaient jamais cillé pendant qu'il la regardait. « Tu veux dire quelque chose. Je le sais. »

« Oui, mais je vais le garder pour moi. »

« Une des choses qui m'impressionnent chez toi, c'est que tu es plus qu'attentive au fait de laisser nos affaires en dehors de notre plaisir. La plupart des femmes que je connais n'auraient un scrupule pour faire pression pour faire valoir leurs propres idées en étant avec moi, mais tu restes relativement silencieuse. »

Elle reposa l'article, s'imprégnant des éloges encore une seconde avant de répondre. « Tu sais ce que je pense de tout ça. Je n'ai pas besoin de devenir casse-pieds. En plus, je profite de ton compagnie, tous les trucs liés au boulot mis à part. »

« Je n'en ai jamais douté un instant. » Il prit son visage dans ses mains et il déposa un baiser chaste sur ses lèvres, se reculant de quelques millimètres une fois qu'il eut terminé, de manière à ce que leurs nez se touchent encore. « Tu m'as mis dans une situation embarrassante, tu sais. »

Elle leva ses mains à hauteur des bras d'Adam. « Désolée, Adam. »

« Non, ne t'excuse pas. » Il recula et il joua avec ses chips sans les manger. « Avant que je te rencontre, je savais ce que je voulais et je n'avais aucun problème pour garder le cap jusqu'à ce que je l'obtienne. Mais avec toi... » Ses sourcils se rejoignirent et il frotta ses mains sur son jean. « J'apprends à la dure que les compromis ne sont pas simples. »

Son pouls s'accéléra. « Alors pourquoi tu ne gardes pas le cap cette fois ? »

« Je pensais que c'était évident. » Il leva son regard vers elle, la chaleur de ses yeux suffisant à elle seule à donner chaud à la jeune femme, et à la pousser à se sentir gênée et totalement trop habillée. « J'ai vu combien tu adores ta passion, Lia, et si je pouvais seulement en avoir dix pour cent pour moi, je serais un homme très heureux. »

Une chaleur d'une nouvelle nature inonda la jeune femme, une qui surpassait la chaleur du désir et qui la laissa encore plus satisfaite que le plus puissant des orgasmes. Le fait qu'il se soucie suffisamment d'elle pour changer ses plans afin qu'elle puisse être heureuse fit défaillir son cœur aussi maladroitement que sa langue pendant quelques pulsations. Et même si cela semblait une réponse trop brève, elle parvint à articuler : « Merci ».

« Ne me remercie pas tout de suite. Je dois encore m'occuper de plusieurs petites choses avant de pouvoir dire sans risque que le bail est à toi, mais j'y travaille. » Il prit le livre et il s'allongea, ramassant un bout de la couverture pour en faire un oreiller improvisé. « Est-ce que je te divertis avec quelques sonnets de Donne ? »

Elle se lova à ses côtés et elle plaça sa tête sur son torse. Cette position était quasiment devenue une seconde naturelle pour elle désormais, un endroit où elle se sentait bien quand elle était dans ses bras. Elle s'était inquiétée du fait de tomber amoureuse d'Adam, mais maintenant elle ne pouvait pas le nier. Il gagnait de plus en plus de place dans son cœur chaque jour, et elle était de plus en plus vulnérable au fait de le voir briser ce dernier. Mais pour l'instant, elle devait savourer chaque instant qu'elle partageait avec lui.

Son pouls régulier se mit à battre au rythme des mots qu'il lisait à haute voix. « *Go and catch a falling star...* »

****

Adam fit une pause après avoir terminé de lire « *The Triple Fool* » et il baissa les yeux vers Lia. Elle s'était endormie à côté de lui, ses longs cils noirs jetant des ombres sur sa joue. La lumière du soleil qui filtrait à travers les feuilles au-dessus d'eux scintillait dans ses cheveux comme de l'or liquide. Il fit courir ses doigts dans les mèches soyeuses, imprimant chaque sensation dans sa mémoire.

Quelques années plus tôt, son père lui avait dit de

trouver une femme avec qui il pourrait savourer des moments de tranquillité. Au début, cette idée l'avait fait rire. Mais en vieillissant, il avait commencé à voir la sagesse qui se cachait derrière le conseil de son père. Il avait vécu des relations où le sexe était formidable, mais rien de plus. Puis, il y avait les relations où un silence embarrassé prenait le dessus, un signe évident qu'il était temps d'y mettre un terme. Il n'avait jamais été avec une femme avec laquelle il avait ressenti un sentiment de satisfaction uniquement en regardant celle-ci dormir. C'était ce qu'il désirait cet après-midi là - une confirmation qu'il pourrait apprécier des moments de tranquillité avec Lia.

Il ferma les yeux et il essaya d'imaginer un futur avec elle, un futur où elle serait le dernier visage qu'il verrait tous les soirs et le premier qu'il verrait tous les matins. Il trouvait cela tellement simple à visualiser. Il pourrait se tenir derrière elle tous les soirs pendant qu'elle cuisinerait, ses bras autour de sa taille afin qu'il puisse se balancer au rythme de ses hanches se balançant elles-mêmes au rythme de sa cuillère. Elle lui ferait goûter ses créations et il la récompenserait d'un baiser. Ils partageraient une couverture sur le canapé pendant qu'ils regarderaient des films. Puis elle l'emmènerait jusqu'au lit et il lui ferait l'amour jusqu'à ce qu'ils tombent tous les deux d'épuisement.

Les images se bousculaient à une vitesse étourdissante. Il pouvait les voir en train d'accueillir des invités dans son appartement pour le dîner. Il pouvait les voir en train de faire une sieste dans un hamac à Hawaï. Puis les images prirent une direction inhabituelle, faisant battre son pouls plus rapidement. Il la voyait avec un ventre rond, portant leur enfant, puis il la voyait en train de tenir leur bébé, entourée par plusieurs enfants tandis qu'ils étaient tous les deux aussi heureux que ses parents l'avaient été.

Il ouvrit les yeux d'un seul coup. Sa respiration se fit haletante comme s'il venait de courir un sprint. Quand il avait pensé à un futur avec Lia, il ne s'était absolument pas attendu à ce que les choses en arrivent là. Un mariage ? Des enfants ?

Mais lorsqu'il baissa de nouveau son regard vers elle, un sentiment d'apaisement l'envahit, calmant son cœur qui battait à tout rompre et ralentissant sa respiration. Oui, il pouvait imaginer ce type de vie avec elle. Il avait été facile de s'attacher à elle à ce point-là. Il espérait juste que l'histoire du restaurant ne détruirait pas ses chances d'obtenir ce futur.

Elle bougea dans son sommeil et il jeta un œil à sa montre. Deux heures. Il était temps qu'il la réveille pour qu'elle puisse arriver à temps à la La Arietta pour la cohue du dîner. « Lia », murmura-t-il, « il est l'heure d'y aller. »

Les cils de la jeune femme battirent, révélant le vert profond de son regard endormi tandis qu'elle levait les yeux vers lui. Un sourire marqué par le sommeil se dessina sur ses lèvres. « *Ti amo* », dit-elle avec la voix à peine intelligible de quelqu'un encore en train de rêver.

Il toucha sa joue. « Et qu'est-ce que ça veut dire ? »

Ses pupilles rétrécirent, effaçant les dernières traces de sommeil dans son regard, et ses sourcils se rejoignirent, créant une ligne unique au-dessus de son nez. « Hein ? »

« Ce n'est pas grave. » Il releva son menton pour pouvoir embrasser ses lèvres. « Tu étais en train de parler dans ton sommeil. »

Elle s'assit et elle s'étira. « Désolée. Je n'avais pas

l'intention de m'endormir. »

« Ne t'excuse pas. C'est bon de savoir qu'on peut vraiment s'endormir l'un à côté de l'autre sans avoir à arracher nos vêtements avant. »

Elle gloussa, une ombre rose foncé envahissant ses joues. « Je suis d'accord. »

Alors qu'il la regardait, des flashs du futur qu'il avait entrevu apparurent devant ses yeux, le distrayant de l'ici et maintenant. Il se frotta les yeux pour faire disparaître cette vision. « J'ai le regret de t'informer qu'il est deux heures passées. »

Le sourire disparut des lèvres de la jeune femme. « Ça veut dire que je dois y aller. »

Il rampa vers elle, et il sourit en disant : « Bien sûr, tu pourrais sécher pendant le reste de la journée. »

« Désolé, mais je ne m'appelle pas Ferris Bueller et je n'ai pas de journée de repos. » Elle le poussa de manière malicieuse, puis elle se leva.

Il la suivit après avoir pris le temps de tout remettre dans le panier. « On devrait refaire ça. »

Les épaules de Lia se contractèrent et elle écarquilla les yeux. Elle dévisagea Adam avant de se détendre et de hocher la tête. « Oui, on devrait le faire. » Elle lui prit la couverture des mains et elle la posa sur son bras.

La maison était sèche et fraîche après la chaleur humide de l'après-midi, mais elle était également vide. Il avait grandi ici et il ne parvenait à se rappeler d'un instant où ses frères et lui n'étaient pas en train de courir dans les couloirs. Même après qu'ils aient grandi et qu'ils aient déménagé, il y avait toujours Jasper qui courait de pièce en pièce à la poursuite de sa mère ou d'un quelconque invité. En quoi une grande maison était-elle quelque chose de bien s'il n'y avait personne pour la remplir.

Avant même qu'il ne se rende compte, ils étaient arrivés à la porte. Lia s'arrêta, la main sur la porte, et elle se pencha pour poser ses lèvres sur la joue d'Adam. « Merci pour ce charmant après-midi, Adam. »

Le regard qu'elle lui lança en partant lui disait qu'elle espérait le revoir bientôt.

Alors qu'elle s'éloignait dans sa voiture, il sortit son téléphone et trouve une application de traduction. Il la configura sur « *Italien à Anglais* » et il copia les mots qu'elle avait prononcés plus tôt. « *Ti amo.* »

« Je t'aime », répondit une voix informatisée féminine.

Le sang lui monta à la tête et ses jambes défaillirent. Il se laissa tomber sur les marches de l'escalier.

Elle l'aimait.

Et il ne pouvait plus nier le fait qu'il l'aimait aussi.

Mais jusqu'à ce qu'il ait réglé le problème du restaurant, ils n'avaient pas la moindre chance.

Il fixa son téléphone, plus paralysé par la peur que par l'indécision. Il savait quel était le chemin qu'il devait emprunter et il redoutait le combat qui l'attendait.

CHAPITRE TREIZE

Lia essuya la sueur qui perlait sur son front après avoir ajouté les touches finales à une autre commande qu'elle regarda partir dans la salle à manger. Le morceau de papier plié contenant son article dans le *London Times* frottait contre sa cuisse à travers le tissu de son pantalon. Elle tendit la main vers sa poche pour le serrer encore une fois dans son poing pour être sûre que tout cela était réel.

Tout ce qui s'était passé l'après-midi semblait sortir d'un rêve parfait qui avait volé en éclats au moment où Adam lui avait rappelé qu'il était temps pour elle de retourner au travail. Ses mains avaient tremblé pendant tout le trajet du retour vers la ville. Ses tripes lui disaient qu'il tiendrait sa promesse de laisser la La Arietta ici, mais un léger doute insidieux s'attardait au fond de son esprit, la poussant toujours à se demander « et si ».

Et si Adam choisissait Schlittler plutôt qu'elle ? Est-ce qu'elle voudrait encore rester avec lui ?

Et s'il la laissait garder son restaurant pour le moment

seulement pour lui demander de l'abandonner une fois que leur relation aurait progressé, et ce pour qu'elle devienne l'épouse de la bonne société qu'une personne comme lui méritait ?

La perspective de se retrouver de nouveau enfermée dans une cage dorée la terrifiait plus qu'elle ne voulait l'admettre. Pire, le fait qu'elle ait vraiment envisagé avec l'idée d'accepter pour le garder la faisait frissonner jusqu'au fond de son âme. Adam comprenait son amour pour la cuisine et sa passion pour le restaurant. S'il tenait vraiment à elle, il ne lui demanderait pas de l'abandonner.

Julie profita d'une accalmie pour venir à côté d'elle. « Alors comment ça s'est passé aujourd'hui ? »

Lia avait été tellement déterminée à se jeter dans le travail qu'elle n'avait pas arrêté un instant depuis qu'elle était entrée dans la cuisine. « Ça s'est... bien passé. »

Il était étrange de voir à quel point elle pouvait résumer toutes les pensées troublantes qui tournaient dans son subconscient en un seul mot.

« Bien ? Ou *bien*-bien ? » Julie souleva ses sourcils d'une manière suggestive.

« Juste bien. Pas de galipettes. »

Sa sous-chef poussa un soupir dramatique. « Et moi qui espérait tout entendre à propos de tes réjouissances de l'après-midi. »

Lia gloussa et donna un coup de hanche à Julie. « C'était juste un pique-nique dans son jardin, adorable et romantique. »

« Tout le contraire de la manière dont tu t'es volatilisée avec lui hier soir pour revenir complètement décoiffée. »

La main de Lia se leva pour toucher sa chevelure comme

si cette dernière était encore en désordre. Elle la lissa en tentant de garder son calme. « Je ne vois pas du tout de quoi tu parles. »

« Oh, oublie, Lia. Dax et moi on sait tous les deux que vous êtes à fond l'un sur l'autre. »

Heureusement que Julie avait assez de sens commun pour ne pas crier au reste de la cuisine ce qu'elle voulait vraiment dire. Les restaurants étaient pires que les lycées quand il s'agissait de rumeurs. « Oui, on se voit, et je te remercie d'avoir accepté d'ouvrir aujourd'hui pour que je puisse déjeuner avec lui. »

« Pas de souci. » Julie fit mine de partir, mais elle s'arrêta et elle ajouta : « Tu sais, je suis vraiment contente que tu aies trouvé quelqu'un qui te fasse sourire. »

« Sourire ? »

« Ouais. Je veux dire toute l'année dernière, tu es venue ici tous les jours depuis qu'on a ouvert, tu as travaillé très dur pour que cet endroit connaisse le succès, mais tu n'as jamais été aussi rayonnante que depuis que tu as commencé à le voir, si tu vois ce que je veux dire. »

Elle ne comprenait que trop bien. Elle avait pansé les plaies de son cœur brisé grâce à la cuisine, mais il était resté vide jusqu'à ce qu'il trouve quelqu'un pour l'ouvrir de nouveau.

Une nouvelle série de commandes arriva, la privant de tout le temps dont elle avait besoin pour réfléchir à cette découverte. La soirée passa avec des vagues de commandes d'entrées, de plats et de desserts. Avant même qu'elle ne se rende compte, l'heure de la fermeture était arrivée. Elle était en train d'affecter des tâches de nettoyage aux employés lorsqu'elle aperçut Adam appuyé contre le mur extérieur de son bureau.

Elle s'éloigna de l'animation de la cuisine pour le pousser à l'intérieur de la pièce. « Comment tu es entré ici ? »

« L'entrée du personnel. » Il montra du doigt la porte arrière qui menait à un autre escalier et au vide-ordures si important. « Dax semblait prêt à se jeter sur moi quand j'ai essayé de rentrer dans la cuisine en passant par la salle à manger hier soir. »

Elle eut un rire moqueur. « Dax veut te sauter dessus, mais pas de la manière dont tu le dis. »

« Dommage pour lui, je suis déjà en main. » Il l'attira dans ses bras et lui donna un baiser qui lui coupa le souffle et lui donna envie de le pousser dans les escaliers pour répéter la soirée précédente.

Le son de quelqu'un en train de se racler la gorge mit fin au baiser avant que les choses ne deviennent hors de contrôle. Julie se tenait dans l'embrasure de la porte avec un porte-bloc et un sourire à la Madame-je-sais-tout. « Vous devenez un visage familier dans le coin, Adam. »

« Est-ce que vous me croiriez si je disais que je suis fou de la cuisine ? »

« Qui pourrait vous en vouloir ? » Son sourire s'élargit tandis qu'elle gribouillait quelque chose sur le bloc. « J'ai terminé d'assigner les tâches pour la fermeture, Lia. Pourquoi tu ne partirais pas un peu plus tôt pour changer ? »

« Je pense que ce serait une idée merveilleuse, non ? » Adam serra sa main autour de son cul. « Apparemment Julie a tout sous contrôle. »

C'était une conspiration. Ils devaient avoir organisé un point de rendez-vous pour l'obliger à rentrer avec lui plus tôt que d'habitude. Et leur plan fonctionnait à merveille.

Elle jeta un œil aux notes de Julie. « Pense à mettre tous les reçus dans le coffre. »

« Compris », répondit-celle-ci en cochant quelque chose.

« Et vérifie deux fois pour être sûre que les aliments sont bien rangés. »

« C'est fait. »

« Et - »

Adam l'interrompit en lui prenant les mains et les mettant sur son torse. « Lia, je pense que Julie connaît la routine du soir depuis le temps. »

Elle avait fait confiance à Julie pour l'ouverture ce jour-là, tout comme elle l'avait fait pour la fermeture les rares soirs où elle avait cédé les commandes de la La Arietta à sa sous-chef. Cette soirée n'était en rien différente, mais elle avait toujours l'impression d'abandonner son enfant, d'une manière ou d'une autre. Plus Adam lui demandait de son temps, moins elle pouvait se consacrer à son entreprise.

Mais ce soir-là, elle avait envie d'abandonner le côté rigide de sa nature et de profiter de sa nouvelle passion - Adam. « Le navire est à toi, capitaine », dit-elle à Julie en s'abandonnant sur Adam.

« Youhou ! » Julie bondit dans les airs et repartit en courant dans la cuisine. Lia écouta attentivement sa sous-chef en train de continuer la routine de fermeture exactement comme elle l'aurait fait elle-même.

Adam guida son menton vers lui. « Tu vois ? Tu n'as aucun souci à te faire. »

« Tu as raison. » Elle dégrafa sa veste de chef et l'échangea contre celle en denim qu'elle portait au travail. « Est-ce qu'il y a une raison particulière pour que tu sois venu ici ce soir ? »

« Oui, mais je te le dirai plus tard. Pour le moment, je veux juste te ramener chez moi. » Il se rapprocha d'elle en se penchant, effleurant son oreille de son souffle et se mettant à parler d'une voix plus basse. « Quand on sera là-bas, je vais retirer tous tes vêtements et explorer chaque centimètre de ton corps du haut de ta tête jusqu'au bout de tes orteils. » Il s'arrêta, poussant ses hanches vers l'avant pour que la preuve de son excitation appuie contre elle. « Avec beaucoup de pauses tout le long. »

Son excitation était extrêmement contagieuse, et elle était prête à le laisser commencer son exploration sur-le-champ. L'anticipation provoquait des fourmillements sous sa peau. « Alors mettons-nous en route. »

Le trajet en voiture jusque chez lui était suffisamment court pour qu'elle puisse garder ses mains tranquilles. Toute trace de retenue disparut néanmoins au moment où ils entrèrent dans l'ascenseur. Elle l'embrassa de la même manière précipitée et frénétique qu'il l'avait fait le soir précédent. Ce soir-là, c'était elle qui avait envie de lui. C'était elle qui était tentée d'appuyer sur le bouton d'arrêt d'urgence de l'ascenseur et d'être soulagée avant même qu'ils ne passent sa porte d'entrée.

La sonnette annonçant qu'ils avaient atteint son étage ressuscita ce qui lui restait de contrôle sur elle-même. Elle s'écarta en lui offrant son sourire le plus séducteur.

« Patience », dit-il en ouvrant la porte de son appartement. « J'étais sérieux quand je parlais de prendre mon temps pour te faire l'amour ce soir. »

Faire l'amour ?

Elle eut à peine le temps de comprendre le sens de ces paroles avant que plusieurs kilos de fourrure blanche ne la

162

clouent au sol. La combinaison des reniflements et des coups de langue aurait suffi pour déclencher une crise de panique chez la plupart des gens, mais Lia enfonça ses mains entre le berger des Pyrénées et elle, puis elle se mit à rire. « Il doit y avoir une manière moins agressive de m'accueillir, Jasper. »

« Désolée, Lia », grogna Adam en tirant sur le collier du chien. « J'ai oublié qu'il semble t'adorer de manière excessive. »

Elle s'assit et essuya la bave du chien qui se trouvait sur son visage. « Il n'y a qu'avec moi ? »

« Malheureusement. » Il lutta pour faire rentrer Jasper dans l'appartement. « Je voudrais bien t'aider à te relever, mais j'ai les mains occupées pour le moment. »

« Ça va. » Elle se leva et entra à l'intérieur, grattant Jasper derrière les oreilles au passage. Une grande caisse qui n'était pas là quelques nuits auparavant occupait un coin de la salle à manger. « Tu fais du dog-sitting ? »

« Ouais, ma mère n'est pas en ville et on n'a pas réussi à trouver quelqu'un pour le garder au dernier moment. » Il rapprocha le chien de sa caisse. « Pourquoi tu n'irais pas dans la chambre pendant que je m'occupe de cette menace pour toi ? »

« Mon héros », le taquina-t-elle en lui envoyant un baiser. Depuis l'autre côté de la porte, elle entendit Adam menacer le chien d'un ton taquin de l'envoyer dans un camp de redressement canin entouré d'une horde de caniches en train de japper. Jasper répondit par un aboiement haut perché.

La lueur de l'écran de l'ordinateur portable d'Adam était la seule lumière qui éclairait la pièce. Elle s'arrêta devant le bureau pour allumer la lampe et elle s'attarda en voyant son nom sur l'écran.

Elle tenta de se retenir et de s'éloigner de l'e-mail blessant qu'une personne du nom de Raymond avait envoyé à Adam, mais ses yeux continuèrent de le parcourir ligne après ligne. Il menaçait de poursuivre Adam en justice si elle obtenait le bail à la place de Schlittler, et il le traitait de fou qui ne pensait qu'avec sa bite. Ses joues la brûlaient tandis qu'elle continuait à lire jusqu'à ce que les lettres deviennent floues. Puis elle ferma les yeux et elle recula jusqu'à heurter le lit. Elle en avait vu suffisamment pour savoir que sa relation avec Adam était en train de créer de lui créer des ennemis.

Sa mère l'avait toujours mise en garde sur le fait qu'espionner n'amenait jamais rien de bon. Une fois encore, elle regretta de ne pas avoir suivi ses conseils. Le poids de ce nouveau savoir pesait sur elle, faisant se dérober ses genoux et l'obligeant à s'asseoir au bout du matelas. Elle avait été égoïste en ne prenant pas en considération les conséquences auxquelles Adam serait confronté en perdant le restaurant de Schlittler. Mais s'il lui offrait le bail à elle, serait-elle capable de l'accepter maintenant qu'elle savait quels nouveaux problèmes elle était en train de lui créer ? Même si elle voulait vraiment garder la La Arietta, cela valait-il la peine en sachant qu'elle entraînerait Adam dans un procès qui pourrait détruire son entreprise familiale ?

Le son de la poignée de la porte en train de tourner la sortit de ses pensées. Elle se força à sourire. La dernière chose dont Adam avait besoin en ce moment, c'était de savoir qu'elle avait lu sa boîte mail privée.

« Je te jure, si Jasper n'était pas un chien, je lui aurais

coupé la tête pour t'avoir sauté dessus. » Il ferma son ordinateur portable en passant devant le bureau et il la fit se lever du lit pour la prendre dans ses bras. « Alors, on en était où ? »

Ses inquiétudes s'évanouirent au moment où son baiser l'amadoua et l'entraîna dans un monde différent sans contrats de location et sans procès. Dans ce monde, il n'y avait qu'eux deux et la promesse d'une soirée de pur bonheur. Elle céda à cette dernière avec autant d'ardeur qu'à son contact physique. Une par une, ils retirèrent chaque couche de vêtement qu'ils portaient jusqu'à se retrouver nus dans les bras l'un de l'autre.

Adam l'allongea doucement sur les oreillers. Il se plaça au-dessus d'elle, les yeux écarquillés comme s'il était en train de regarder la femme la plus belle du monde, et non elle. Ses mains suivirent les courbes du corps de Lia. « Par où tu voudrais que je commence ? »

« Par où tu veux. »

« Alors je vais commencer ici. » Il s'assit sur ses genoux et il fit courir ses doigts le long de ses jambes. Lorsqu'il arriva à ses orteils, il souleva son pied et il le porta à sa bouche.

Lia avait toujours pensé qu'un homme suçant ses orteils était quelque chose de très farfelu - ou du moins de très embarrassant - mais Adam transforma cela en une expérience délicieusement sensuelle. Son sexe se contracta pendant qu'elle le regardait accorder à chaque petite bosse de chair une attention spéciale, enroulant sa langue autour d'elles et lui donnant envie que ce soit à son clitoris qu'il accorde une attention aussi exclusive.

Il en termina avec ses orteils, puis il se déplaça le long de ses pieds, déposant des baisers sur ses plantes et ses talons, puis à l'intérieur de ses chevilles. Ses lèvres continuèrent en remontant sur ses mollets comme il l'avait fait cette nuit-là avec la sauce à la framboise, sauf qu'en cet instant il donnait moins de coups de langue. Au lieu de cela, ses mains massaient ses muscles, puis sa bouche les effleurait doucement.

Il continua son ascension pour finir par atteindre l'endroit qui réclamait son contact. Adam fit courir son doigt le long de son ouverture. Ses hanches se soulevèrent en réponse, ses cuisses s'ouvrant totalement pour lui. Elle enfonça ses doigts dans l'oreiller. Son corps voulait qu'il mette fin à ces préliminaires et qu'il passe au point culminant de la soirée, mais elle parvint à contenir son désir suffisamment longtemps pour le laisser terminer.

Un coin de la bouche d'Adam se souleva lorsqu'il la regarda. « Ne t'inquiète pas, Lia. Je vais m'assurer que tu viennes encore et encore. »

Il baissa la tête et il recommença les mêmes mouvements de succion et d'enroulements sur son clitoris que ceux dont ses orteils avaient bénéficié. La pression en elle grandissait de plus en plus à chaque mordillement et à chaque coup de sa langue. Avant qu'elle puisse arrêter l'explosion à l'intérieur de son corps, elle se retrouva en train d'arquer son dos et de crier son nom sous l'emprise du plaisir. Mais au lieu de s'arrêter là en ayant eu la satisfaction de savoir qu'il l'avait faite jouir, il continua, prolongeant son orgasme autant qu'il le pouvait jusqu'à la laisser faible et tremblante sous lui.

Adam appuya ses lèvres sur la tendre rondeur qui se trouvait en-dessous du nombril de Lia. « Ça t'a plu ? »

Si elle ouvrait la bouche, elle était certaine qu'il n'en sortirait qu'un bafouillage incompréhensible, donc elle se contenta de hocher la tête.

Il reprit son chemin, ses mains caressant ses hanches, le bas de son dos, sa taille, suivies comme toujours par ses lèvres. Lorsqu'il arriva à sa poitrine, elle avait suffisamment récupéré pour lui faire savoir à quel point elle appréciait son attention par une série de gémissements et de soupirs. Elle suivit le contour de son dos musclé avec ses doigts, s'interrompant pour plonger se ongles dans sa peau au moment où il prit ses tétons entre ses dents et où il envoya un élan de plaisir et de douleur mêlés dans les recoins les plus bas de son bassin.

Au moment où il en arriva à ses lèvres, son corps demanda à être soulagé. Ses hanches s'écrasèrent contre lui, recherchant le bâton de chair ferme qu'elle voulait sentir en elle. Et pourtant, il prenait son temps pour la mettre en appétit. Son poids pesait sur elle, la clouant sur le matelas. Ses doigts s'enroulèrent autour des siens et il les souleva au-dessus de la tête de la jeune femme. Sa queue dure appuyait contre sa cuisse, à quelques centimètres de l'ouverture de son sexe. De sa bouche, il étouffa les cris de protestation de Lia dans un baiser langoureux.

Pour finir, ses lèvres arrivèrent au sommet de son front, et il fit un sourire en coin. « Maintenant, je suis prêt à te faire l'amour correctement. »

Il s'éloigna suffisamment d'elle pour glisser un préservatif sur sa queue. Puis il entra en elle avec la même lenteur insoutenable qu'il avait employée jusqu'à cet instant. La nuit précédente, ils s'étaient précipités pour atteindre leurs orgasmes. Ce soir-là, il semblait déterminé à prendre son temps de douceur.

Il trouva son rythme, glissant en elle et hors d'elle avec un contrôle qu'elle aurait souhaité maîtriser elle-même. Au lieu d'une série de petits coups rapides, ses caresses étaient longues et langoureuses. Chacune d'entre elle prolongeait la friction exquise qui la rendait haletante et qui resserrait son estomac.

« J'adore te regarder pendant que je te donne du plaisir. » Il levait et il abaissait ses hanches, atteignant les recoins les plus profonds de son sexe. « J'adore regarder ton visage s'éclairer au moment où tu jouis. J'adore écouter les petits bruits de plaisir que tu fais à chaque fois que je glisse en toi. »

Ses mots s'avéraient être un aphrodisiaque aussi puissant que son contact physique. Le pouls de Lia s'accéléra et elle resserra sa prise sur lui en se préparant à l'élan sauvage qui, elle le savait, l'attendait au moment om elle allait jouir. « J'adore que tu veuilles me faire l'amour comme ça », murmura-t-elle.

Son corps frémit contre elle et sa voix exprima le poids de son contrôle : « Oh, Lia, je veux que toutes les nuits soient comme celle-là - juste toi et moi. »

« Moi aussi. »

Sa voix sembla briser la retenue dont il avait fait preuve toute la soirée. Ses mouvements se firent plus rapides, plus erratiques. Il déplaça ses hanches, changeant son angle de pénétration pour pouvoir atteindre le point exact qui l'enverrait au septième ciel. Elle serra ses bras autour de lui, cherchant de l'air, grinçant des dents comme si elle essayait bêtement de retarder l'inévitable. Mais cela ne servait absolument à rien. Son orgasme monta en elle et jaillit avec une vengeance qui fit même trembler ses os.

« Tellement belle, Lia. » Le rythme d'Adam s'accéléra, enfin à la recherche de son propre plaisir. « Tu es tellement belle quand tu jouis. »

Puis ses mots se transformèrent en un gémissement sourd et il s'immobilisa. Sa mâchoire tomba, un air de béatitude transparaissant dans ses traits. « Oh mon Dieu, Lia », dit-il dans un murmure enroué avant de s'effondrer sur elle.

Elle tint Adam dans ses bras tandis que le corps du jeune homme était secoué par les dernières vagues de son orgasme, caressant ses cheveux et se demandant à quel moment exactement elle était tombée éperdument amoureuse d'Adam Kelly.

****

Un contact aussi léger que les ailes d'un ange tirèrent Adam des abysses de l'extase. Il respira le parfum de Lia, les douces notes de pêche revigorant ses muscles fatigués. Même s'il aimait jouir en elle, c'était les moments de plénitude dans ses bras qui venaient ensuite qu'il attendait avec impatience.

Il se redressa sur ses coudes et s'imprégna de l'éclat du visage de la jeune femme, essayant de trouver les bons mots pour exprimer le méli-mélo d'émotions qui tourbillonnaient dans sa poitrine.

« Satisfait ? », demanda-t-elle.

« Pour le moment. » Il roula sur le côté, l'emmenant avec lui pour qu'ils soient allongés exactement comme ils l'étaient pendant l'après-midi. Sa douce chevelure était déployée sur son bras, et sa jambe reposait sur sa cuisse. *Parfait. Les choses ne pouvaient pas être plus parfaites.*

Mis à part qu'il voulait lui en dire davantage. Son regard erra jusqu'à l'ordinateur portable fermé sur son bureau et il pensa à l'e-mail rempli de rage qu'il avait reçu de la part de Ray, après qu'il lui ait annoncé qu'il allait renouveler le bail de Lia. Le doute l'avait tourmenté tout le trajet qui l'avait mené de son appartement à la La Arietta. Avait-il fait le bon choix ? Est-ce que le fait de donner à Lia ce qu'elle voulait valait la peine de risquer des procès et de perdre le capital d'investissement que Ray pouvait apporter ?

Mais après avoir vu la jeune femme en action, son esprit s'était apaisé. Lia était dans son élément dans la cuisine. Ses joues brillaient d'excitation pendant qu'elle préparait un plat après l'autre, ses yeux suivant chaque assiette qui sortait de la cuisine comme un parent rempli de fierté. Cela faisait quasiment une demi-heure qu'il se tenait immobile au fond de la cuisine avant qu'elle ne finisse par le remarquer, mais le regard qu'il avait obtenu avait réglé toutes les questions qui restaient en suspens. Il ne pouvait pas lui offrir la lune, mais il pouvait lui donner une chose qu'elle aimait par-dessus tout.

Adam avait prévu de lui en parler ce soir-là, mais il avait peur de gâcher l'instant s'il abordait le sujet. Au lieu de cela, il se concentra sur le fait d'accorder sa respiration à la sienne. « Je pourrais mourir maintenant, je suis un homme comblé. »

Elle jeta son bras autour de son torse et elle lui fit un câlin. « Pareil pour moi. »

Son cœur se resserra encore. Lia était devenue la chose qu'il désirait le plus dans toute sa vie. « Je veux passer toutes les nuits comme ça, Lia, avec toi allongée à mes côtés. »

Elle leva le visage de son torse, ses lèvres s'entrouvrirent et ses sourcils se rejoignirent. Elle étudia son visage pendant que ses doigts couraient sur sa poitrine pour s'arrêter finalement sur son cœur. Un petit sourire se dessina sur son visage. « Et tu obtiens toujours ce que tu veux. »

« Oui, tant que tu as envie de rester ici. »

Un pli réapparut au-dessus du nez de la jeune femme. Qu'avait-il dit qui provoquait son inquiétude ?

Avant qu'il n'ait le temps de poser la question, son téléphone sonna. Cependant, cette fois il s'agissait de la sonnerie de Bates. Qu'est-ce qui pouvait bien l'avoir possédé pour qu'il appelle aussi tard ce soir-là ?

Le son d'une seconde sonnerie brisa le silence et Lia sursauta. Les deux téléphones continuaient de sonner, se faisant écho et exigeant qu'on leur accorde de l'attention. Adam saisit le sien et alla dans la salle à manger. « Qu'est-ce qui se passe, Bates ? »

Le téléphone de Lia s'arrêta également de sonner, suivi par le son étouffé de sa voix en train de répondre.

« M. Kelly, il y a eu un incendie dans la propriété de l'avenue Michigan. »

CHAPITRE QUATORZE

La sueur se mit à perler sur la peau d'Adam. « Où ça dans l'immeuble ? »

« Au dernier étage d'après ce qu'on m'a dit. » *Merde ! La La Arietta.* Il prit une inspiration et il retint son souffle, priant pour avoir mal entendu ce que Bates venait de lui dire. « Je suis sur le chemin en ce moment pour voir si je peux entrer et évaluer les dommages. »

« Je vous retrouve là-bas. » Il raccrocha et il resta de l'autre côté de la porte de la chambre pour écouter Lia. Étant donné qu'aucun son ne sortait de la pièce, il appuya doucement sur la porte pour l'ouvrir.

Lia était assise sur le bord du lit, son téléphone au creux de ses mains. Des lignes humides laissaient des traces sur son visage blême. Elle fixait droit devant elle comme une statue, laissant ses larmes couler.

Une sensation écrasante d'impuissance envahit Adam. S'il avait eu une baguette magique, le sort qu'il aurait lancé aurait été pour l'empêcher de jamais connaître la vérité à propos de l'incendie. Au lieu de cela, il se prépara à endosser le rôle de la personne sur laquelle elle pouvait s'appuyer dans ce moment difficile. Il trouva ses vêtements et il les déposa à côté d'elle. « Lia, habillons-nous et allons voir les dommages. »

Les épaules de la jeune femme tremblaient, légèrement au début, puis ces tremblements se transformèrent rapidement en sanglots qui secouaient tout son corps. Il s'assit à côté d'elle et il attendit que la douleur première passe et que le flot de larmes brûlantes décline.

« On va traverser ça ensemble, Lia », murmura-t-il. « Je te le promets. »

Elle leva la tête en reniflant et elle s'essuya le visage du dos de la main. « Tu as raison, Adam. Pleurer n'apportera rien. » Elle fit glisser son slip au-dessus de ses hanches. « Allons-y et voyons ce qui reste. »

Le calme dans sa voix était en contradiction avec ses épaules affaissées et le peu d'enthousiasme avec lequel elle s'habillait. Elle se rendit jusqu'à l'ascenseur, ses bras autour de sa poitrine tout en se tenant à plusieurs centimètres de lui. Pendant le trajet en voiture jusqu'au restaurant et à la mer de gyrophares, son visage continua de n'exprimer aucune émotion.

Après avoir expliqué aux pompiers qu'ils étaient les propriétaires, ils furent autorisés à entrer dans le parking et à monter au dernier étage.

La puanteur de la fumée remplit les narines d'Adam alors qu'ils se rapprochaient de la La Arietta. Un râle s'échappa des lèvres de Lia au moment où les portes de l'ascenseur s'ouvrirent. Même si le feu n'avait pas consumé la totalité du restaurant, les dommages étaient suffisants pour parler d'une perte totale. Des traces de fumée noircissaient le plafond de l'entrée et le plâtre humide ruisselait des murs. Au-delà, des restes carbonisés de tables et de chaises donnaient l'impression d'être des squelettes effrayants à l'extrémité de la salle à manger, près de la porte de la cuisine.

Bates s'approcha d'eux, il cligna des yeux en regardant Lia avant de parler. « Ce n'est pas aussi grave que ce je pensais au début. »

Si Lia avait entendu ses mots, elle n'en montrait aucun signe.

Bates fit un petit signe de la tête à Adam, indiquant à ce dernier qu'il y avait davantage de choses dont il voulait parler en privé.

Adam serra la main de Lia. « Ça ira si je te laisse seule ici un instant ? »

Elle acquiesça, son regard toujours fixé dans le vide.

« Je ne voulais pas bouleverser Mme Mantovani plus qu'elle ne l'est déjà. » Bates le conduisit au cœur de la salle à manger autrefois débordante de vie, puis il s'arrêta au niveau de la ligne noire présente sur le sol en tomettes qui marquait la limite de l'incendie, près de la porte de la cuisine. « D'après les informations que j'ai pu recueillir, l'incendie a commencé dans la cuisine, près de la friteuse. L'inspecteur est déjà en train d'enquêter sur la cause pendant que nous sommes en train de parler. »

Comme s'il n'attendait que cela, un homme en grande conversation avec un des pompiers sortit de la cuisine. Il gribouilla quelques notes sur son porte-bloc et il hocha la tête avant de s'avancer vers eux. « Vous êtes M. Kelly ? »

Adam acquiesça de la tête. « Est-ce que l'immeuble est

sûr ? »

« Vous n'auriez pas pu entrer si ce n'étais pas le cas. » L'inspecteur prit encore quelques notes. « Je vais devoir examiner les étages inférieurs avant de prendre une décision finale pour déterminer si les gens peuvent revenir travailler sans risque. »

« Je vais appeler l'équipe chargée des sinistres dus à des incendies et à des inondations, et je vais les faire venir ici dans la matinée », proposa Bates.

Adam attendait que l'inspecteur réponde à la question qui taraudait son esprit, mais étant donné que ce dernier ne lui donnait pas cette information, il demanda : « Vous avez une idée de la cause ? »

« Apparemment une prise défaillante au-dessus de la friteuse. » Il leva un amas de métal et de plastique calciné et entremêlé. « Quelques étincelles provenant de cette chose, et l'huile s'allume comme de la poudre à canon. Un feu d'huile classique. »

« Je suis content que les pompiers aient pu le contenir aussi vite. »

« Moi aussi. Ça simplifie mon travail. » Il glissa la preuve dans un sac en plastique qu'il scella. « Maintenant, allons jeter un œil en dessous. »

« Bates, accompagnez-le. Je vais rester ici avec Lia. »

Les deux hommes disparurent dans la cage d'escalier, et Adam se retrouva face à la tâche inquiétante consistant à essayer de consoler la femme qu'il aimait.

****

Lia fit quelques pas, puis elle s'arrêta, son menton tremblant au moment où elle prit toute la mesure de la situation. Tout était dévasté. Tout ce dans quoi elle avait mis tout son cœur et toute son âme au cours de l'année précédente dégoulinait et empestait la fumée. Le moindre centime qu'elle avait investi dans la La Arietta était parti en fumée, il ne lui restait rien.

Un flash de lumière l'attira, et elle traversa l'entrée jusqu'à l'endroit où se trouvait l'article encadré du *Food and Wine* suspendu au mur, toujours sec derrière la vitre. Elle le détacha et le prit dans ses bras. Même si elle ne reconstruisait jamais la La Arietta, elle avait une preuve que le restaurant avait réellement existé, qu'elle avait créé quelque chose de merveilleux et...

Ses pensées moururent dans un sanglot silencieux. Peu importait le passé. Maintenant tout avait disparu.

Deux mains chaudes s'appuyèrent sur ses épaules. « Ça va aller, Lia », dit Adam d'une voix douce visant à l'apaiser. « On peut le reconstruire. »

« Non, on ne peut pas. » Une nouvelle série de larmes menaça de couler de nouveau. « Je n'ai pas assez d'argent. Mon assurance incendie couvre à peine les réparations nécessaires pour le remettre en état de fonctionnement. On ne pourra pas remplacer les meubles, ni les appareils, ni la perte de revenus. »

Il l'attira dans ses bras et il émit des petits « *chut* ». « Ne t'inquiète pas pour l'argent. »

Une étincelle de rage s'alluma dans la poitrine de la jeune femme, se répandant aussi vite que l'avait fait l'incendie dans le restaurant. « C'est facile pour quelqu'un comme toi de dire ça. Tu n'as jamais eu besoin de t'inquiéter pour joindre les deux bouts ni de la manière dont tu vas pouvoir quitter l'appartement de ta mère tout en maintenant ton entreprise à flot. »

« Alors qu'est-ce que tu veux que je dise ? », demanda-t-il en laissant tomber ses bras le long de son corps.

« Je ne sais pas », admit-elle en serrant le magazine encore plus fort contre elle. « Si tu me proposes de me prêter de l'argent pour rouvrir la La Arietta, alors je me sentirai toujours redevable envers toi. Ce serait comme si une partie de mon âme t'appartenait. »

« Alors tu dis que tu préfères tout laisser tomber ? » Il plaça son doigt sous le menton de Lia, augmentant la pression jusqu'à ce qu'elle finisse par le regarder. « Écoute-moi - je vais m'occuper de tout - les réparations, les inspections, la paperasserie. Tu peux emménager avec moi et ne plus jamais avoir à t'inquiéter de quoi que ce soit. »

L'estomac de la jeune femme se noua. Il était en train de lui proposer de prendre le contrôle de tout et de l'installer chez lui. Son pouls se mit à battre dans ses temps et sa bouche devint sèche. C'était à nouveau l'histoire de la cage dorée. Il voulait l'enfermer et l'éloigner de la seule chose qui pourrait les déchirer.

Heureusement, Bates lui épargna d'avoir à dire non. « M. Kelly, peut-être que vous devriez venir en bas avec moi et jeter un œil avant de prévoir un plan d'action. »

La gorge de Lia se serra comme si quelqu'un avait glissé un nœud coulant autour de son cou. Elle avait entendu ce que l'inspecteur avait dit. Un feu de graisse avait provoqué tous ces dommages. C'était de sa faute parce qu'elle n'était pas restée sur place et qu'elle ne s'était pas assurée que tout était en ordre avant de quitter les lieux. Si elle avait été là, peut-être qu'elle aurait pu éteindre l'incendie avant qu'il ne se propage. À présent, elle avait non seulement elle avait détruit son restaurant, mais également les entreprises voisines dans l'immeuble d'Adam.

Ce dernier fit courir son pouce sur les lèvres de la jeune femme. « Réfléchis à ma proposition. »

Elle n'avait pas besoin d'y réfléchir. Elle connaissait déjà sa réponse, mais elle était trop lâche pour la lui donner immédiatement. Elle resta immobile pendant qu'Adam suivait M. Bates dans les étages inférieurs, réfléchissant au meilleur plan possible. Elle ne pouvait pas redonner vie seule à la La Arietta et elle ne pouvait pas devenir une femme entretenue. Chaque battement de son cœur lui confirmait l'inévitable, intensifiant la douleur dans sa poitrine.

Elle n'avait pas de futur avec un homme comme Adam Kelly.

Il était désormais temps de sortir de sa vie pour de bon avant que corps ne prenne le contrôle de son meilleur jugement et qu'elle ne cède à son contact physique. Elle appuya sur le bouton de l'ascenseur et elle prit un taxi pour rentrer dans l'appartement de sa mère, n'emportant que les souvenirs de quelques rêves brisés avec elle.

CHAPITRE QUINZE

Adam composa de nouveau le numéro de Lia. Comme à chaque fois qu'il avait essayé de l'appeler au cours des deux derniers jours, il arriva directement sur sa boîte vocale. Il n'avait pas eu une seule nouvelle de sa part depuis l'incendie, mis à part un SMS lui disant qu'elle était partie chez sa mère, suivie par l'e-mail qu'il avait reçu moins d'une heure auparavant l'informant qu'il pouvait donner le bail à Amadeus Schlittler.

« Satanée bonne femme. Pourquoi es-tu aussi têtue ? »

Son silence ne lui faisait pas seulement mal - il déchirait son cœur comme une espèce de punition sadique qui lui infligeait des douleurs à chaque fois qu'il pensait à elle. Il lui avait proposé d'emménager avec lui et de lui laisser s'occuper de tout ce qui la préoccupait. En fait, c'était ce qu'il y avait de plus proche d'une demande en mariage. Peut-être qu'il aurait dû le faire.

Il ressortit l'e-mail et il laissa les mots froids de la jeune femme piquer sa peau comme des dizaines de petites aiguilles.

> *Cher Adam,*
>
> *Étant donné ce qu'exigeront les réparations des dommages subis par la La Arietta, je pense qu'il est dans ton meilleur intérêt d'offrir l'endroit à Amadeus Schlittler et de m'oublier.*
>
> *Sincèrement,*
>
> *Lia Mantovani*

Il claqua de nouveau son clavier contre son bureau de frustration. Peut-être qu'il s'était trompé en supposant qu'elle tenait vraiment à lui. Peut-être que tout cela n'avait été qu'un acte pour le séduire en vue de garder son restaurant, et maintenant qu'elle ne pouvait pas se le permettre, elle en avait fini avec lui.

Mais quand il se rappelait de la manière dont elle lui avait dit qu'elle l'aimait de sa voix ensommeillée quelques jours avant, il savait qu'elle n'avait pas fait semblant. Elle l'aimait autant qu'il l'aimait. Il avait juste besoin de découvrir ce qui l'effrayait.

Il entendit des coups rapides frappés à la porte. Bates entra en portant deux dossiers. « M. Kelly, M. Volowski a été assez, hum, insistant pour connaître votre décision finale à propos de la propriété de l'avenue Michigan. J'ai pris la liberté de rédiger deux contrats de location différents - un pour M. Schlittler et un pour Mme Mantovani. »

Bates plaça chacun des dossiers sur le bureau d'Adam, et il les ouvrit pour lui montrer les documents qui s'y trouvaient. Il était temps de prendre une décision. Il survola le contrat envisagé avec Schlittler, puis celui envisagé avec Lia. Il s'arrêta en voyant le montant du loyer mensuel sur le bail de la jeune femme. « Est-ce que le chiffre est correct ? », demanda-t-il en montrant du doigt le montant représentant un quart de qu'il faisait payer normalement.

Bates mit ses lunettes de lecture pour vérifier le chiffre. « Oui monsieur. C'est le montant qui se trouve sur son contrat de sous-location d'origine. »

« Qui a autorisé cela ? »

Son assistant retourna le nouveau contrat pour révéler le contrat initial. Sur la dernière page, les boucles délicates de la signature de sa mère remplissait la ligne dédiée au propriétaire.

Adam prit une profonde inspiration et se recula dans sa chaise. Il aurait dû savoir qu'il y avait une pièce du puzzle supplémentaire qu'il avait négligée. « Je pense que je vais devoir avoir une conversation avec la *propriétaire* avant de faire quoi que ce soit. »

« Et que dois-je dire à M. Volowski quand il rappellera ? »

Adam fixa le contrat de location de Schlittler, puis celui de Lia. Il lui avait promis qu'il ferait tout ce qui était en son pouvoir pour qu'elle puisse garder la La Arietta. S'il voulait la reconquérir, il devait commencer par lui prouver qu'il était un homme de confiance.

Il prit le contrat de location de Schlittler et il le déchira en deux. « Dites à M. Volowski que le chef Amadeus et moi nous ne sommes pas parvenus à trouver un accord. »

Bates leva un sourcil, mais il prit le papier déchiré sans poser aucune question. Un léger sourire se dessina sur ses lèvres. « Très bien, monsieur. Je vais organiser un déjeuner avec votre mère mardi, à son retour de Chicago. »

« Merci. » Il ferma le dossier contenant les contrats de location de Lia et il tapota sur la couverture. C'était un début, mais il pouvait faire un peu plus. « Pourriez-vous aussi trouver les photos que vous aviez prises de la La Arietta avant l'incendie et les montrer à l'entrepreneur ? Je veux que tout soit restauré à l'identique. »

« Tout de suite, M. Kelly. » Bates acquiesça, puis il ajouta avant de fermer la porte derrière lui : « Au fait, Robert Curry a appelé et a demandé à prendre un rendez-vous avec vous. Il dit qu'il avait trouvé ce que vous recherchiez. »

Adam fit craquer ses doigts. Il était temps d'assener le coup de grâce, surtout si le message codé de Curry signifiait qu'il avait de quoi traîner Ray dans la boue. Il décrocha son téléphone et il composa le numéro de Curry. « J'ai cru comprendre que vous vouliez un rendez-vous ? »

Le détective privé gloussa. « J'ai creusé comme vous me l'aviez demandé, et vous ne croirez jamais les saletés que j'ai découvertes. »

Adam fit un large sourire. « Aussi sale que ça ? »

« Pire. »

Il regarda l'horloge posée sur son bureau. Trois heures. Normalement il aurait compté les minutes qui le séparaient du moment où il reverrait Lia à cette heure de la journée, mais à présent il avait hâte de savoir ce que Curry avait trouvé et comment il pourrait utiliser cela contre Ray. « Quand pouvez-vous être ici ? »

« Je suis juste à deux pâtés de maisons de votre bureau. »

« Quelle coïncidence - il s'avère que j'ai un trou dans mon emploi du temps, là tout de suite. Je vais dire à Bates de vous faire entrer quand vous arriverez. »

« Je vous vois d'ici quelques minutes. » Le téléphone émit un cliquetis pour signifier la fin de la conversation, mais cela ne mit pas un terme à l'enthousiasme d'Adam.

Il sonna Bates. « Attendez avant de faire connaître ma

décision à Ray. Je la lui signifierai en personne après avoir vu M. Curry. »

« Très bien, monsieur. »

Au moins il y avait une chose qui allait dans son sens. Adam jeta de nouveau un œil à l'e-mail affiché sur son écran. Si elle refusait de répondre à ses appels téléphoniques, alors il espérait qu'elle lirait ses e-mails. Il cliqua sur la flèche *Répondre* et il commença à taper. Les affaires d'abord, et une fois qu'il aurait réglé cela, alors avec de la chance il pourrait de nouveau avoir le plaisir de la tenir dans ses bras.

****

Le téléphone vibra pour la énième fois contre ses genoux. Elle regarda le numéro et elle le mit en mode silencieux.

« C'est encore lui, n'est-ce pas ? », demanda sa mère alors qu'elle empruntait la sortie de l'autoroute menant à l'aéroport O'Hare.

« Qu'est-ce que ça peut faire. » Elle avait rompu avec lui comme si elle avait arraché un pansement d'un coup sec. Oui, la douleur était cinglante, mais elle disparaîtrait plus vite que si elle avait amené les choses petit à petit.

« Peut-être qu'il a quelque chose à te dire. »

Elle regarda les queues de tous les avions alignés le long des terminaux à travers la vitre de la voiture. « Il en a dit assez pour que je me rende compte qu'il n'est pas différent de Trey. »

« N'importe quoi. Aucun des fils de Maureen Kelly ne pourra jamais ressembler à ce connard arrogant. Elle les a mieux élevés que ça, comme je t'ai mieux élevée que la manière dont tu te comportes en ce moment. »

Lia ferma les yeux et compta jusqu'à dix avant que sa colère ne prenne le dessus sur elle et qu'elle finisse par pousser sa mère à faire demi-tour jusqu'à leur appartement. « Je te l'ai déjà dit - j'ai juste besoin d'espace pour savoir ce que je vais faire ensuite. »

« Non, tu fuis tes problèmes et j'ai honte de toi. »

« Maman, s'il te plaît, laisse-moi juste gérer ça toute seule. »

« Mais tu ne le fais pas. Tu devrais retourner à ton restaurant et commencer les réparations, et pas prendre un avion pour broyer du noir en Italie avec ma cousine. »

Lia appuya ses doigts contre ses tempes. « Ce n'est pas aussi simple que ça. Pour commencer, cet endroit ne m'appartient plus. Mon bail se termine aujourd'hui. »

« C'est ce que tu supposes. » Elle pointa son doigt vers le téléphone de Lia, en faisant un écart pour emprunter l'autoroute suivante et gagnant des reproches tonitruants d'un autre conducteur qui klaxonna. « Peut-être que c'est ce qu'Adam essaye de te dire depuis le début de la matinée, mais tu es trop pessimiste pour lui répondre et entendre ce qu'il a à dire. »

« Non, il ne s'agit pas de ça. » Elle prit une profonde inspiration, sachant que sa confession lui vaudrait probablement un coup derrière la tête... et que sa mère sortirait de la route dans un accès de colère. « J'ai abandonné l'endroit. »

« Quoi ? » Les pneus arrière de la berline de 1992 de sa mère crissèrent, et le volant se mit à ressembler à un manège bougeant à tort et à travers.

Lia s'agrippa au tableau de bord en priant pour arriver en vie au terminal.

La voiture bringuebala de droite à gauche le temps que sa mère retrouve le milieu de la route. Ses lèvres formaient une fine ligne et les plis au niveau de ses sourcils exprimaient son mécontentement avec plus de dureté que tout ce qu'elle aurait pu dire. « Il y a quelque chose que tu ne me dis pas, n'est-ce pas ? »

« Oui, maman. »

« Tu n'es pas enceinte, hein ? »

Lia resta bouche bée. « C'est quoi cette accusation ? »

« Sinon pourquoi tu abandonnerais la chose que tu aimes le plus, à moins d'avoir un petit en route. » La colère sur son visage fondit à la pensée excitante de pouvoir éventuellement devenir grand-mère. « Pourquoi je n'y ai pas pensé plus tôt. »

« Continue à rêver, maman. Il n'y a pas de bébé. » Comme preuve, elle avait eu son rappel mensuel indiquant qu'elle avait perdu un autre ovule le matin même. Quelqu'un avait dit que les confessions étaient bonnes pour l'esprit, alors étant donné qu'elle était en train de se mettre à nu devant sa mère, elle poursuivit : « Quelqu'un a menacé Adam de le poursuivre en justice s'il renouvelait mon bail. »

« Et tu penses que ce n'est pas un homme qui en a assez dans le pantalon pour prendre ta défense ? »

« Non, je - » Qu'est-ce qu'Adam aurait fait si la La Arietta n'avait pas été victime d'un incendie ? Est-ce qu'il aurait renouvelé son bail et est-ce qu'il aurait fait face aux conséquences sans lui en parler ? Est-ce qu'il se serait incliné devant la pression ? Elle jeta un œil vers son téléphone en se demandant si elle devait prendre la peine de lui poser la question. « Jules est déjà en train de chercher un appartement pour moi et quand je reviendrai, je prendrai une décision sur la prochaine étape de la La Arietta. »

La voiture s'arrêta sur le bord du trottoir situé devant sa compagnie aérienne. Son regard passa du téléphone à la billetterie et inversement. Elle ferma les yeux et pria pour avoir une réponse. Au lieu de cela, la seule chose qu'elle entendit était Adam en train de lui qu'elle pouvait emménager avec lui et ne plus avoir à se soucier de rien. Si elle croyait aux signes, alors celui-ci devait être en train l'avertir et de lui dire qu'il ne la connaissait pas vraiment. Elle éteignit son téléphone et elle le rangea dans son sac à main.

« Au revoir, maman. » Elle se pencha pour donner une brève accolade et un rapide baiser à sa mère. « Je t'appelle quand j'arrive chez Carolina. »

Sa mère s'enfonça dans le siège du conducteur, les bras croisés. « C'est ta vie, Lia. »

Cela voulait dire qu'elle pensait que Lia était en train de commettre une énorme erreur.

Lia sortit de la voiture et tira sa valise qui se trouvait sur le siège arrière. « Oui, c'est ma vie, et je suis en train de prendre la meilleure décision que je peux pour le moment » Elle ressentit une douleur dans sa poitrine en reconnaissant que cela signifiait abandonner Adam dans le même temps. « C'est ce qu'il y a de mieux pour nous deux », murmura-t-elle en claquant la portière.

CHAPITRE SEIZE

« Bonjour, chéri. » Sa mère se pencha en avant pour l'embrasser sur le front, l'entourant d'un nuage de Chanel n°5. « C'est si bon de te revoir. Comment va Jasper ?

Il a broyé du noir toute la semaine. » *Un peu comme moi.* Il attendit que sa mère soit assise de l'autre côté de la table dans le minuscule café français qu'elle adorait. « Je te l'amènerai à la maison ce soir. »

« Merci beaucoup d'avoir fait du dog-sitting à la dernière minute. Tu sais combien je déteste le mettre dans une pension. »

« Tu gâtes ce chien bien plus que tu ne l'as jamais fait avec nous. »

« C'est parce que tous mes garçons ont grandi, qu'ils ont quitté la maison et qu'ils ne m'ont pas donné de petits-enfants pour combler le vide. »

Adam gémit en son for intérieur. Pas encore le couplet de la culpabilité. Il sortit le dossier contenant le contrat de location de Lia. « Je suis tombé sur quelque chose de très intéressant pendant ton absence. »

Sa mère sortit ses lunettes de lecture Kate Spade et parcourut rapidement le contrat. « Oh, ça. Je me demandais ce que tu avais décidé. Tu as annoncé la nouvelle à Lia ? »

« Je le ferai si j'arrive à mettre la main sur elle. » Il sortit le contrat précédent et tourna les pages jusqu'à arriver à la dernière portant la signature de sa mère. « Je voulais avoir des informations sur l'accord que tu avais conclu avec elle. »

Elle retira ses lunettes et but une gorgée du vin qu'il avait commandé pour elle. « Tu sais qu'Emilia et moi on est de très bonnes amies. L'année dernière, quand elle m'a dit que sa fille voulait ouvrir un restaurant mais qu'elle avait du mal à trouver un endroit, j'ai pensé que je pouvais être gentille et lui offrir celui-là. »

Des petites sirènes d'alarmes se déclenchèrent au fond de l'esprit d'Adam. Sa mère se mêlait rarement de l'entreprise familiale, à moins d'avoir des motivations en rapport avec le futur. « À un quart du prix du loyer normal ? »

« Voilà, tu ne fais qu'exagérer. » Elle jeta un œil au montant inscrit sur le contrat original. « Oui, je suis d'accord il y une réduction, mais c'était une sous-location. J'ai pensé que c'était quelque chose qu'elle pouvait se permettre, juste pour commencer, et que ça ne pourrait pas nous faire de mal après que la discothèque ait résilié son contrat de location initial avec nous. »

« Pourquoi tu ne m'en as pas parlé ? » Il croisa les bras et il la regarda fixement.

Elle sourit gentiment, aucunement intimidée par son regard. « Adam, chéri, peut-être que tu diriges l'entreprise depuis le décès de ton père, mais je reste la propriétaire légale. » Elle leva son verre à ses lèvres, et son sourire s'élargit.

Il serra les dents. Il ne pouvait rien objecter à cet argument. « Et si j'avais résilié son bail au profit de Schlittler ? »

« Je me serais interposée et j'aurais mis mon veto sur ta décision. Après tout, je suis la propriétaire et pour faire simple tu es le gestionnaire de mes biens immobiliers. »

Sa mère avait passé tellement d'années à élever à une famille et à jouer le rôle d'épouse de la bonne société qu'il avait oublié qu'il y avait une femme vraiment intelligente derrière le vernis poli, une femme qui était allée dans une faculté de droit et qui avait fait un stage dans un des plus grands cabinets d'avocats de Chicago où elle avait rencontré son père.

Peut-être qu'il s'agissait de la raison pour laquelle il ne pouvait jamais sortir vainqueur d'une discussion avec elle.

Le serveur interrompit leur conversation pour prendre les commandes. Sa mère donna la sienne sans même regarder le menu et il marmonna pour indiquer qu'il prenait le plat du jour - une sorte de crêpe au jambon et au fromage. Il ne se souciait vraiment absolument pas de ce qu'il mangeait. Rien ne valait la comparaison avec la cuisine de Lia.

Une fois le serveur partit, sa mère tapa doucement sur le dossier. « Je suppose donc que tu vas renouveler son bail. Qu'est-ce qui t'a fait changer d'avis ? »

Sa question semblait innocente, mais le ton de sa voix combiné à la lueur entendue dans ses yeux le frappa de plein fouet. Tout le mois précédent avait été un coup monté orchestré par sa mère. Il inspira et il retint son souffle jusqu'à ce que sa colère s'apaise, puis il expira lentement avant de s'aventurer à demander : « Laisse-moi deviner - tu n'as pas remporté d'enchères pour une œuvre de bienfaisance. »

« Je ne vois pas de quoi tu parles. » Sa mère regarda son reflet dans sa cuillère, tapotant sur ses cheveux comme si une de ses mèches coiffées si minutieusement avait bougé.

« Ce dîner à la maison du lac - tu l'as organisé. »

Elle ne dit pas un mot, mais un coin de sa bouche se leva imperceptiblement.

Les doigts d'Adam s'enfoncèrent dans sa paume. « Et je suppose que Lia était dans le coup aussi ? »

« Non, non, non ». Un air de panique se répandit sur le visage de sa mère. « Lia était aussi innocente que toi, chéri. Emilia et moi, on pensait qu'on pouvait créer une situation où sa fille pourrait rencontrer plusieurs de mes fils et voir si une étincelle pouvait naître. »

Des « étincelles », c'est un faible mot. Essaye plutôt un vrai brasier. « Et qu'est-ce que son bail a à voir dans tout ça ? »

« Eh bien, j'espérais qu'une fois que tu la rencontrerais et que tu goûterais sa cuisine, tu y réfléchirais à deux fois avant de la faire fermer. » Elle reposa sa cuillère, la poussant jusqu'à ce qu'elle soit parfaitement alignée avec le reste des couverts posés sur la table. « Mais quand j'ai vu la chimie entre vous deux au moment de votre première rencontre, eh bien, je... »

« C'est un peu dur d'avoir de la chimie avec quelqu'un qui traîne un gros chien poilu derrière elle. »

Sa mère dissimula son rire derrière sa main. « Je savais que si Jasper l'aimait, un de mes fils l'aimerait aussi. »

Une douleur naquit dans sa poitrine, devenant de plus

en plus intense à chaque battement de son cœur jusqu'à ce qu'il soit obligé de fermer les yeux. Et lorsqu'il le fit, il vit le visage de Lia après qu'il lui eut fait l'amour cette fameuse dernière nuit. Oui, sa mère avait eu raison. Un de ses fils était tombé amoureux d'elle.

Elle le regarda, la tête légèrement penchée sur le côté, un sourcil arqué comme si elle attendait qu'il se confesse au moment où il ouvrirait les yeux.

« Je déteste te décevoir, maman, mais ne place pas tes espoirs trop haut. Lia refuse de répondre à mes appels maintenant. »

Les lèvres de sa mère s'entrouvrirent et ses yeux s'écarquillèrent. « Qu'est-ce que tu as fait ? »

« Pourquoi tu penses que j'ai fait quelque chose ? » La douleur dans sa poitrine devint brûlante. « C'est elle qui a disparu la nuit de l'incendie et qui ne m'a pas parlé depuis, sauf pour m'envoyer un e-mail pour me dire de donner l'endroit à Schlittler. Je n'ai aucune idée de l'endroit où elle, de ce qu'elle fait, de la manière dont elle gère la perte ou de ce que je pourrais avoir fait pour qu'elle agisse comme ça. Je n'ai obtenu que du silence. »

« Eh bien ça ne suffit pas ». Elle sortit son téléphone portable et elle composa un numéro. « Bonjour, Emilia, comment vas-tu ? » Une pause, suivie par un hochement de tête. « C'est drôle que tu parles de ça. Je suis en train de déjeuner avec Adam en ce moment. Lia lui manque atrocement. »

Il était irrité de devoir passer par sa mère pour avoir les informations qu'il voulait, mais si cela signifiait qu'il pourrait trouver Lia et obtenir des réponses, il subirait ce bref moment d'humiliation qui picotait son esprit.

La conversation se poursuivit une minute de plus avec d'autres sons indiquant que sa mère était d'accord avec son interlocutrice avant qu'elle ne sorte un stylo de son sac à main. « Alors, c'est quoi l'adresse ? » Elle gribouilla quelque chose sur le dossier et elle le tendit à Adam, un sourire triomphant sur le visage.

Les mots semblaient tous appartenir à une langue étrangère, sauf le dernier. Italie.

« Oh, est-ce qu'il le savait ? » Sa mère posa sur lui un regard accusateur, un regard qu'il n'avait pas vu depuis qu'elle avait reçu un appel du proviseur de son lycée après qu'il eut organisé un bizutage. « Non, je ne dirai rien à propos de ça. Il est suffisamment grand pour le comprendre tout seul. »

Merde. Sa mère savait quelque chose qui lui simplifierait infiniment la vie, et elle le lui cachait. Peut-être qu'il pourrait la faire parler une fois qu'elle aurait raccroché.

Évidemment, elle savait déjà ce à quoi il était en train de penser et elle changea de conversation. « Tu sais, je suis tombée sur une nouvelle stratégie qu'on pourrait utiliser la prochaine fois qu'on jouera contre Judy et Karl. »

Oh, bien sûr, parle de bridge pendant que je suis assis sur le bord de ma chaise à essayer de découvrir ce que tu sais. Merci, maman.

Elle continua de parler d'inversées et d'atouts maîtres jusqu'à ce que le serveur pose une salade devant elle. « Il faut qu'on se voit dans la semaine et qu'on essaye. Le déjeuner est arrivé. Je dois te laisser. » Elle s'arrêta, écoutant ce que la mère de Lia était en train de lui dire, et elle secoua la tête. « Non, ne lui dit pas. Elle est aussi têtue qu'Adam, et on en fait plus qu'assez. »

Elle éteignit son téléphone et elle le glissa de nouveau

dans son sac à main. « Ça a l'air délicieux. »

À peine. La salade devant lui resta intacte. « Qu'est-ce que tu as appris, maman. »

« Exactement ce que je t'ai montré. » Elle montra l'adresse inscrite sur le dossier avec sa fourchette. « Si tu veux trouver Lia, elle est là-bas. »

« Et est-ce que sa mère t'a donné le moindre indice sur la raison pour laquelle Lia ne répond pas à mes appels et pour laquelle elle est partie en Italie ? »

Sa mère arrêta de mâcher. Un bref aperçu de son combat intérieur traversa son visage, du tressautement de ses yeux à sa déglutition plus difficile que la normale. « Je ne veux pas interférer dans ta vie personnelle. »

« Il est trop tard pour ça. C'est toi qui pensait que ce serait une bonne idée de jouer les marieuses. » Il se pencha vers l'avant, ses coudes posés sur la table d'une manière qui lui aurait valu un rappel à l'ordre quand il était enfant. « Je veux arranger les choses avec elle, et ça m'aiderait de savoir contre quoi je me bats avant de prendre le prochain vol pour l'Italie. »

« Alors tu vas la suivre ? »

Il baissa les yeux vers le dossier, puis elle regarda de nouveau sa mère. Le plus simple serait de la laisser partir, d'admettre qu'ils aimaient trop leur travail tous les deux pour être vraiment bien l'un avec l'autre tant que son restaurant se trouvait dans l'immeuble. Mais ce n'était pas ce qu'il voulait, pas en ce moment. Et si cela voulait dire aller vers elle à genoux et la supplier de le pardonner pour ce qu'il avait pu faire inconsciemment qui l'avait blessée, il le ferait. « Oui. »

Sa mère rayonna d'une joie contenue pendant quelques

secondes avant de devenir sérieuse. « Est-ce que Lia t'a dit pourquoi elle était partie en Italie la première fois, il y a quatre ans ? »

« Elle a dit que son fiancé l'avait trompée et qu'elle voulait prendre un nouveau départ. » Il fouilla dans son esprit pour essayer de comprendre ce que cela avait à voir avec eux. « Je n'ai pas fait ça. »

« Je sais que tu ne l'as pas fait, mais tu dois te rappeler que Lia est quelqu'un de très fier, et qu'elle est très déterminée à ne pas se retrouver dans la même position dans laquelle elle dépendrait de quelqu'un. Elle a mis tellement d'elle-même dans son restaurant qu'elle serait perdue si elle était obligée de l'abandonner. »

« Et je ne veux pas qu'elle le fasse. J'ai même autorisé des réparations pour que l'endroit soit exactement comme il l'était avant l'incendie. »

« Alors peut-être que tu devrais lui dire. » Elle poussa le dossier vers lui. « Est-ce que je dois demander à Bates de réserver ton billet pendant que tu fais tes valises ? »

Il glissa le dossier contenant les contrats de location dans sa serviette, notant dans sa tête de s'arrêter à l'immeuble et de prendre des photos des travaux de réparation dans leur état actuel. « Ça me semble une bonne idée. »

« Excellent. Maintenant j'ai besoin de ton aide pour gérer Ben. » Sa mère se lança dans une nouvelle conversation sur combien elle s'inquiétait à propos de son frère, mais il ne l'écoutait que d'une oreille. Ses pensées étaient occupées par la chef aux yeux verts qui se trouvait à l'autre bout du monde.

À la même heure le lendemain, il serait en Italie.

Et avec un peu de chance, il aurait fait revenir Lia dans

ses bras.

CHAPITRE DIX-SEPT

« Ça suffit, Carolina. » Lia arracha le bocal rempli de flocons de piments rouges des mains de la cousine de sa mère. « Tu n'as pas envie que tes clients mordent dans une boule de feu. »

« Mais j'aime quand c'est épicé. » Carolina prit encore une pincée dans le bocal ouvert et en saupoudra le mélange de poulet haché et de ricotta qui composait la farce pour les raviolis qu'elles étaient en train de préparer. « Souviens-toi, c'est ma cuisine. »

Comme si elle pouvait l'oublier. Carolina régnait sur l'immense cuisine comme une reine sur une petite province. Ici, c'était elle le maître et Lia était l'élève. Mais cela ne voulait pas dire qu'elle ne pouvait pas apporter quelques petites modifications ici et là.

Carolina jeta un œil au-dessus de l'épaule de Lia pour regarder la lanière de pâtes vert pale sortant de la machine à pâtes. « Qu'est-ce que tu as mis dans la préparation ? »

« Un peu de basilic réduit en purée. »

La reine lança ses mains en l'air et bafouilla une série de jurons en italien, suivis par un monologue théâtral sur le fait que les enfants n'avaient aucun respect pour leurs anciens et pour les traditions.

Mais cela ne pouvait être plus éloigné de la vérité. Lia avait un respect plus que profond pour les plats traditionnels que la cousine de sa mère préparait. C'était dans cet endroit qu'elle avait appris l'art de la cuisine italienne. C'était dans cet endroit qu'elle avait découvert sa passion. Et c'était ici qu'elle avait trouvé du réconfort après que la vie ait infligé une autre série de coups à sa vie amoureuse.

Mais cette fois, elle ne trouvait pas l'évasion qu'elle recherchait. Adam restait constamment présent dans son esprit. Son sourire lui manquait. Son autodérision lui manquait. Le contact de ses lèvres sur sa peau lui manquait. Le fait de s'endormir dans ses bras lui manquait. Et au fur et à mesure que les jours passaient, elle commençait à se demander si elle avait fait une erreur en voyant le monde en noir et blanc. Il existait une chance qu'elle puisse vivre ses deux passions - Adam et la La Arietta - mais sa fierté l'avait empêchée de voir les choses sous cet angle avant son départ. À présent, dans ce pays paisible qu'était l'Italie, elle commençait à entrevoir des possibilités qu'elle n'avait jamais envisagées, des scénarios où elle pourrait tout avoir. Et peut-être qu'une fois qu'elle aurait fait renaître la La Arietta de ses cendres et qu'elle la dirigerait de nouveau, dans un nouvel endroit, peut-être qu'elle pourrait essayer de recoller les morceaux avec Adam.

Enfin, s'il n'était pas trop tard.

Nick, le plus jeune fils de Carolina, descendit les escaliers en courant. « Qu'est-ce que tu fais cette fois, Lia », demanda-t-il avec un clin d'œil avant de déposer un baiser sur le front de sa mère pour se faire pardonner.

« J'ai juste amélioré un tout petit peu le menu de ce soir. » Elle leva la fine lanière de pâte pour qu'il puisse la voir. « Je n'ai pas déclenché la chute de l'Empire Romain ni quoi que ce soit de ce genre. »

« Elle change toujours quelque chose. » Carolina pointa un doigt noueux en direction de Lia. « On pourrait penser qu'elle est là pour prendre le contrôle de ma cuisine. »

L'idée était tentante. Elle pourrait transformer l'*agriturismo* familial en une expérience gastronomique de niveau international et ne plus penser à la La Arietta. Mais elle savait aussi qu'elle était incapable de gagner un combat pour le contrôle de la cuisine de Carolina du vivant de cette dernière.

Et l'Italie était bien trop éloignée de l'homme qu'elle aimait.

« Lia est une chef accomplie, maman. Elle essaye juste de faire plaisir à nos clients avec quelque chose qui sera sûrement délicieux. » Il s'approcha de Lia, et il murmura afin que sa mère ne puisse pas l'entendre : « Sans parler du fait que c'est un cran au-dessus de ce qu'on sert d'habitude. Il faut que tu notes tout ça pour moi pour que je puisse continuer à le faire quand tu seras partie. »

Elle n'enviait pas Nick. Peu de temps après qu'elle soit arrivée quatre ans plus tôt, Lia avait convaincu sa famille d'acheter une propriété datant du seizième siècle pour en faire un *agriturismo*, une exploitation agricole doublée d'une chambre d'hôtes pour les visiteurs. Le frère de Nick, Giovanni, avait fait renaître les anciennes vignes de

Sangiovese et avait commencé à produire un vin qui obtenait déjà des critiques élogieuses de la part des dégustateurs. Nick avait repris la partie hôtellerie de l'entreprise, répondant aux besoins des clients et s'assurant que les chambres étaient réservées longtemps à l'avance.

Cela impliquait également le fait d'apaiser la chef-diva présente sur place.

« Je vais commencer un journal pour toi », dit-elle en étalant la pâte fraîche sur la solide table en bois. « C'est bon pour la farce, Carolina. »

La cousine de sa mère berçait le saladier comme s'il s'agissait d'un enfant, peu disposée à s'en séparer. « Tu me promets de ne pas changer quoi que ce soit d'autre au dîner de ce soir ? »

Lia croisa les doigts derrière son dos pour que Nick soit le seul à les voir. « Bien sûr. »

Elle ne parlerait tout simplement pas à Carolina de la sarriette fraîche et de l'estragon qu'elle avait ajouté au moment de badigeonner le poulet qu'elles avait prévu de faire rôtir.

Nick les réunit toutes les deux en plaçant ses bras autour de leurs épaules. « Je suis l'homme le plus chanceux du monde d'avoir deux cuisinières aussi talentueuses qui travaillent pour moi. »

Son compliment apaisa sa mère un peu froissée, et Carolina commença à déposer des cuillères de farce sur la pâte. Lorsqu'elle arriva au bout de la lanière, Lia recouvrit le tout avec une autre lanière de pâte et elle souda les deux couches en appuyant sur ces dernières, en prenant soin d'éliminer tout l'air pouvant se trouver entre elles qui risquerait de faire exploser les raviolis au moment de la cuisson.

Carolina baissa les yeux et hocha la tête en signe d'approbation une fois que Lia eut terminé. « Oui, ça ira. Le basilic peut même équilibrer le piment. »

Lia eut un large sourire et utilisa une roulette à pizza sur les lanières de pâtes afin de les découper en carrés individuels. Une bataille à la fois.

Elle venait juste de terminer la troisième série de raviolis lorsqu'elle entendit une voix familière demander dans un italien guindé « *Dov'è Lia ?* »

Son cœur s'arrêta. Elle se tourna vers les escaliers qui menaient à l'entrée du manoir juste à temps pour voir une paire de chaussures noires en cuir vernies descendre dans son champ de vision. Une seconde plus tard, elle vit Adam, impeccablement vêtu d'un costume sur mesure qui donnait l'impression que ses épaules étaient plus larges que jamais.

Leurs yeux se rencontrèrent. Il s'arrêta à quelques pas de la cuisine, la fixant du regard comme s'il ne l'avait pas vue depuis des années.

Son pouls martela dans ses oreilles et elle ne sut pas quoi faire de ses mains. Elle les essuya sur son tablier, totalement consciente du public composé de ses proches qui les entourait. « Adam, qu'est-ce que tu fais ici ? »

« Je -...» Sa voix se brisa et il se retourna pour prendre quelque chose dans sa serviette. « Je voulais te parler de ça. »

Il sortit un dossier et quelque chose s'effondra dans la poitrine de Lia. Il était ici pour les affaires, pas pour elle. Elle baissa les yeux sur ses mains couvertes de farine. « Laisse-moi un moment pour nettoyer et je te retrouve dehors. »

Il hocha la tête et il se retira dans l'escalier.

Malheureusement, sa famille ne le suivit pas. Les deux filles de Carolina se pressèrent autour d'elle au-dessus de l'évier. « C'est qui ? », demanda Sophia en italien.

« Oui, il est super mignon », ajouta Estella. « Si tu n'en veux pas, tu peux me donner son numéro ? »

« L'Américain est ici pour voir Lia, pas pour vous espèces d'idiotes. » Carolina les chassa et tendit une serviette propre à Lia. « Souviens-toi que la fierté ferme parfois nos yeux, nos oreilles et nos cœurs. N'oublie pas de poser des questions et d'écouter. »

Lia prit la serviette et se sécha les mains, se demandant à quel point sa mère avait raconté des choses à sa cousine pendant qu'elle était dans l'avion. Sa respiration se calma et un nouveau sentiment de sérénité l'enveloppa. C'était évident, Adam n'aurait pas fait tout ce chemin juste pour l'informer de la résiliation de son contrat. « *Grazie mille, Zia Carolina.* »

Elle monta les marches une par une, réunissant tout son courage au moment d'entrer dans le vestibule. Nick était en train d'essayer d'engager Adam dans une conversation légère pendant que Sophia et Estella faisaient semblant de nettoyer, alors que leurs regards étaient fixés sur le jeune homme. Lorsqu'elles la virent, elles s'arrêtèrent et elles gloussèrent avant de se retirer dans la pièce voisine. Carolina monta les escaliers en boitant et elle s'appuya contre le mur. Ils la regardaient tous pour voir ce qui allait se passer ensuite.

Adam jeta un coup d'œil au public réuni autour d'eux. « Est-ce qu'il y a un endroit où on pourrait parler en privé ? »

« Par-là. » Elle le guida vers la porte de derrière qui menait à la cour de la ferme ; elle lança un regard vers sa famille par-dessus son épaule en fermant la porte derrière lui. Si jamais ils osaient les suivre, elle les réprimanderait d'une manière telle que même Carolina en rougirait.

Trois poulets passèrent en courant devant Adam, l'interrompant sur sa lancée. Il leva sa serviette à hauteur de ses épaules, hors de portée de la volaille bruyante. « C'est quoi cet endroit ? »

« Un *agriturismo*. L'élevage fait partie de toute cette histoire d'exploitation agricole. » Elle le conduisit jusqu'à l'étable et elle respira l'air avant de l'inviter à entrer. Le foin était frais et les vaches avaient été dans le champ toute la journée. Il n'y avait rien qui pouvait déranger les sens d'un riche garçon de la ville comme Adam. « Alors, de quoi tu voulais me parler ? »

« Pourquoi tu es partie sans me le dire ? »

Il ne perdait pas de temps et il allait à l'essentiel, mais elle n'était pas vraiment prête à lui donner les réponses qu'il attendait. Elle pensait qu'elle pouvait l'oublier, mais elle avait passé chaque nuit depuis l'incendie à tourner encore et encore dans son lit en souhaitant qu'il soit à ses côtés pour la prendre dans ses bras. La douleur commençait tout juste à s'atténuer. Mais maintenant qu'elle l'avait revu, cette dernière réapparaissait et la frappait de plein fouet, ainsi que l'envie, le désir et l'émotion sur laquelle elle avait peur de mettre un nom. Le faire ne ferait qu'ajouter au poids de son cœur brisé.

Elle s'approcha d'un pas nonchalant des massives colonnes soutenant l'étable et elle se pencha sur ces dernières, lui tournant le dos. « Je ne savais pas que je t'appartenais. »

« Bon sang, Lia. » Il arriva derrière elle si vite qu'elle n'eut

202

pas le temps de s'en rendre compte. « À quel genre de jeu tu es en train de jouer ? J'étais là, en train d'essayer de te consoler après ta perte, et d'un coup tu as disparu sans un mot. »

Elle se mit à marcher en décrivant des cercles, sentant une agitation dans son ventre comparable à celle du lac Michigan un jour de grand vent. « C'est toi qui m'a dit d'abandonner mon restaurant et d'emménager avec toi. »

Il fronça les sourcils. « Non, je n'ai pas dit ça. »

« Si, tu l'as fait. Je me rappelle parfaitement de toi en train de me dire d'emménager avec toi et de te laisser t'occuper de moi. Eh bien voilà un flash spécial pour toi, Adam. Je n'ai pas besoin que quelqu'un s'occupe de moi. »

« Ce n'est pas du tout ce que je voulais dire. » Une étincelle de colère flamboya dans les yeux bleus foncés d'Adam tandis que la position de ses épaules exprimait sa détermination. « J'essayais juste de te soulager du fardeau d'avoir à gérer les dommages causés par l'incendie. »

« En me forçant à abandonner le restaurant. »

« Pff, je n'arrive pas à croire que tu aies pu penser ça. » Il se tourna pour s'éloigner d'elle et il fit des allers et retours dans l'étable d'un pas rapide avant de se souvenir du dossier qu'il tenait dans sa main. « Jette juste un œil à ça. »

Elle ouvrit le dossier et parcourut rapidement la première page. Sa poitrine se serra et elle ressentit une sensation de chaleur au fond de son ventre. « Tu renouvelles mon bail ? »

« Oui. »

« M-mais et Schlittler et cet homme qui menace de te poursuivre en justice ? »

Les yeux d'Adam se plissèrent. « Comment tu sais ça ? »

Elle laissa le contrat se balancer au bout de ses doigts. Même si c'était ce qu'elle voulait, elle n'avait pas envie qu'Adam soit obligé d'en assumer les répercussions. « Je suis désolée, Adam, je ne peux pas signer ça. »

Il prit les documents et il poussa un gros soupir. « Commençons par le début, Lia. Apparemment, on a tous les deux été victimes d'un malentendu de plus, et je ne partirai pas tant qu'on n'aura pas tout mis à plat. D'abord, ça. Je veux renouveler ton bail. »

« Je ne veux pas te causer des problèmes. » Elle baissa les yeux, fixant la poussière à la couleur de terre cuite qui recouvrait le sol. S'il voulait de la sincérité, alors elle lui devait au moins cela. « J'ai vu accidentellement cet e-mail à propos de cette histoire de procès. »

« Et tu étais prête à abandonner ton restaurant pour moi ? » Une expression abasourdie apparut brièvement sur son visage avant qu'il ne retrouve son calme. « Ne t'inquiète pas à propos de Ray. Il brasse de l'air. Je me suis déjà occupé de ça. »

« Comment ? »

« Disons juste qu'il avait plusieurs call-girls de luxe dans ses numéros abrégés et qu'il ne veut pas voir cette informations fuir dans la presse, ni aucune de celles que mon détective privé a découvertes sur lui et qui pourrait mettre en péril sa campagne de réélection. » Il agita de nouveau le contrat devant les yeux de la jeune femme. « Maintenant que tu sais ça, tu vas signer ton bail ? »

« Je -… » Elle se lécha les lèvres, l'indécision rendant sa bouche sèche. « Pourquoi tu me voudrais moi plutôt que Schlittler ? »

« En dehors du fait que tu es une chef extraordinaire et

que c'est un connard ? » Il réduisit l'espace entre eux. Le contrat disparut dans sa serviette qui tomba sur le sol lorsque ses mains trouvèrent les hanches de Lia. « Disons juste que j'ai un petit faible pour toi. »

L'érection qui devenait de plus en plus dure dans son pantalon était tout sauf petite. Elle entoura ses bras autour de son cou et elle se pencha vers lui. Ses lèvres trouvèrent les siennes avec une facilité instinctive. Le désir envahit ses veines alors que leur baiser devenait plus profond, lui faisant oublier toutes les raisons pour lesquelles ils ne pouvaient pas réussir en tant que couple. Tout ce qui comptait pour elle, c'était l'instant présent.

Lorsque leur baiser se termina, Adam demanda d'une voix rauque : « Pourquoi tu m'as quitté, Lia ? »

« J'avais peur. » Ces trois petits mots lui échappèrent avant même qu'elle ne puisse formuler une réponse plus appropriée, mais ils résumaient l'effervescence troublante des sentiments qu'elle ressentait quand elle était près de lui.

« Pourquoi ? » Il fit courir ses mains de haut en bas sur sa colonne dans des caresses lentes et régulières pendant qu'il attendait sa réponse, et ce sans que son regard ne vacille une seule seconde.

Elle prit une inspiration tremblante. « Quand je t'ai entendu dire que tu voulais que j'emménage avec toi et que je te laisse t'occuper de tout, la seule chose à laquelle j'arrivais à penser c'était à la dernière fois où je me suis retrouvée dans cette situation. Je sais que je ne rentre pas dans le moule de la parfaite petite femme au foyer que tu mérites - »

« Qui a parlé de toi devenant une femme au foyer ? » Il déposa un baiser rapide sur le bout de son nez. « Quand je t'ai invitée à emménager avec moi, je l'ai fait parce que je te veux dans mon lit tous les soirs. Et quand je t'ai proposé de m'assurer que tu n'aies à t'inquiéter de rien, je voulais dire que je m'occuperais des experts en assurance, de la paperasserie, des permis, et de tout ce dont tu as besoin pour rouvrir la La Arietta. »

Il la lâcha suffisamment longtemps pour sortir son iPad et tapoter sur un dossier. Des photos du restaurant à moitié réparé remplirent l'écran. Il les fit défiler pour elle une par une. Le plâtre qui avait été détérioré à cause de l'eau avait été arraché et remplacé. Les tables et les chaises calcinées avaient été retirées pour laisser place à des fauteuils luxueux tapissés de cuir véritable. Dans la cuisine, des appareils haut de gamme étincelaient sous les éclairages. La La Arietta ressemblait à un phénix renaissant de ses cendres, encore plus belle qu'elle ne l'était auparavant.

La dernière photo montrait la pancarte qui accueillait les gens qui sortaient de l'ascenseur. En dessous se trouvait une pancarte plus petite disant : « En cours de réparation, mais réouverture prévue pour bientôt. »

Sa gorge se serra et ses yeux la brûlèrent. À présent c'était à elle de demander « *pourquoi* ».

« Parce que je veux que tu vives ta passion. » Il l'embrassa de nouveau, sa langue cherchant la confirmation de ses sentiments à chaque mouvement circulaire implorant, à chaque coup de langue timide. « Je t'aime, Lia. »

Les larmes contre lesquelles elle luttait se mirent à couler. « Moi aussi je t'aime, Adam. »

Un sourire éclaira le visage du jeune homme avant qu'il ne l'attire de nouveau dans ses bras pour couvrir encore une fois sa bouche de la sienne. La moindre trace de retenue avait disparu. Ils étaient de nouveau dans le couloir. Des baisers désespérés. Des tiraillements sur les vêtements. Des mains vagabondes qui mouraient d'envie de sentir de la chair. Un désir qui engloutissait tout sens commun.

Les bretelles de sa robe d'été glissèrent de ses épaules. Adam était en train de savourer la peau fraîchement exposée au moment où la porte de la grange s'ouvrit avec fracas. Ils s'éloignèrent l'un de l'autre comme ils l'avaient fait le soir du bateau, à moitié nus et rougissants.

Giovanni se tenait dans l'embrasure de la porte, la bouche grande ouverte. Puis un sourire en coin se dessina sur ses lèvres. « Qu'est-ce que cet Américain est en train de raconter ? Des galipettes dans le foin ? »

Lia appuya ses joues brûlantes contre le dos d'Adam. Sa mère en entendrait sûrement parler avant la fin de la soirée.

Adam tendit la main pour prendre la sienne, plaçant un baiser chaste sur cette dernière avant de remettre sa bretelle en place. « Peut-être qu'on devrait s'abstenir jusqu'à ce qu'on soit quelque part où on ne sera pas interrompu. »

« Bonne idée. Tu sais à quel point les familles peuvent être grandes. »

« Sans l'ombre d'un doute. » Ses yeux se mirent à pétiller, évoquant les nombreuses nuits sensuelles enroulés dans les draps. « J'espère que tu es prête à relever le défi. »

Elle fit un grand sourire en retour, faisant courir ses doigts dans ses cheveux pour les remettre en place. « Absolument. Tu es devenue ma nouvelle passion. »

Il en eut le souffle coupé. Une expression étonnée apparut sur son visage, suivie par une émotion intense qui gonfla son cœur. « Alors je vais faire tout ce que je peux pour que cette passion dure toujours. »

Main dans la main, ils retournèrent jusqu'au manoir, ne prêtant aucune attention aux gens qui se trouvaient autour d'eux. Demain, ils parleraient affaires. Demain, ils parleraient des réparations de la La Arietta et des clauses du contrat de location. Demain, ils feraient des plans pour qu'elle déménage ses affaires dans son appartement.

Mais ce soir, ils profiteraient des plaisirs simples qu'ils s'offriraient l'un à l'autre sous la lune de cette chaude soirée d'été.

Note aux lecteurs

Cher lecteur,

Merci !

Merci d'avoir lu <u>La plus douce des séductions.</u> J'espère qu'il vous a plu.

· Est-ce que vous aimeriez savoir quand mon prochain livre sera disponible ? Vous pouvez vous abonner à ma newsletter sur mes nouvelles parutions sur <u>www.cristamchugh.com</u>, me suivre sur Twitter sur @crista_mchugh, ou aimer ma page Facebook sur <u>http://facebook.com/cristamchugh</u>.

· Les avis aident les autres lecteurs à trouver des livres. J'apprécie tous les commentaires, qu'ils soient positifs ou négatifs.

· Vous venez juste de lire le premier livre de la saga <u>Les frères Kelly</u>. Les autres livres de la saga sont <u>Cœurs brisés</u>, <u>Amoureuse du complice de drague</u>, <u>Le jeu de l'amour</u>, <u>Une mélodie de la séduction</u>, <u>Dans la zone rouge</u> (Fév. 2015) et <u>Ici même</u> (mai 2015). J'espère que vous les aimerez tous !

   Et juste pour cette saga, j'ai un site web spécial qui contient plus d'informations sur <u>Les frères Kelly</u>, des listes de lecture, des recettes et des bonus, tout cela juste pour mes lecteurs. Vous pouvez le consulter sur www.thekellybrothers.cristamchugh.com

   --Crista

Ne ratez pas le prochain livre de la saga <u>Les frères Kelly</u>...

Cœurs brisés

La star de hockey Ben Kelly se retire dans sa cabane dans les bois, dans la station de ski de Cascade, en Colombie Britannique, pour récupérer après une blessure au genou en fin de saison et pour penser à son futur dans la NHL. Il ne s'attend pas à croiser la seule femme qui l'ait fui. Neuf années peuvent s'être écoulées, mais cela n'a en rien atténué la chimie explosive entre eux. Aujourd'hui il veut plus qu'une seule nuit.

Hailey Eriksson avait des rêves olympiques jusqu'à une grossesse accidentelle après une histoire d'un soir qui a mis fin à ses ambitions. Sa vie a volé en éclats à la mort de son fils. Rien ne l'empêchera de tenir la promesse qu'elle lui a faite de faire partie de l'équipe olympique, et surtout pas le charmant Ben Kelly. Malheureusement, il est parti pour la séduire cette fois et elle après chaque baiser passionné elle a de plus en plus de mal à résister

. Mais s'il apprend l'existence de l'enfant qu'il n'a jamais connu, est-ce que leur idylle en train de renaître se retrouvera mise en péril ?

Made in the USA
Charleston, SC
19 May 2015